スキルが示す
特殊クエストを
達成した結果、なぜか
ドラゴンや古代兵器が
仲間になっていた
青山陣也
画 riritto
nonbiri
muragurashi
のんびり村暮らしを謳歌したいのに、
【風が吹けば桶屋が儲かる】
チートスキルが許してくれない

ピイイイイイッ！
まあ、なるようになりますか
◆ピィちゃん
ノヴァが見つけた卵から孵化したドラゴン。人懐っこくて食いしん坊。その正体は、実は伝説のドラゴンの赤ちゃんで…？
✚ノヴァ・キキリシム
異世界に召喚され勇者パーティーの一員として活躍した転移者。英雄としての勲章を授与される式典で特殊スキル【風が吹けば桶屋が儲かる】を発動した結果、国王を怒らせ王都を追放される。

ニナ
レアアイテムに目がないラルオ村の少女。珍しい毒見のスキルをもっている。ノヴァをラルオ村に招待し、村のことを案内する。
レアもレア、超レアだよ！
あのゴールデンルビーフィッシュだよ！
サイラス
ノヴァと異世界を旅した勇者。元はやさぐれた貴族の次男坊だったが、ノヴァのスキルによって才能を開花させ、勇者の称号を得る。ノヴァとはともに数々の困難を乗り越え、気の置けない仲。
本人が考えている以上に、
彼のスキルは優秀です
ゴレムちゃん
「破壊の魔導ゴーレム」として復活した古代文明の遺物。ノヴァによって「破壊」の概念が消された結果、テンション高めな陽キャ少女になった。
おけ！センスは破壊済みって感じだけど、
マスターがそういうなら！

「我らの子を、無礼にもさらったのは貴様たちか」
伝説のドラゴン様を最後に拝んで逝けるってのも、まあ悪くないか
なに言ってんの！
シャイニングドラゴンの両親登場——!?

のんびり村暮らしを謳歌したいのに、【風が吹けば桶屋が儲かる】チートスキルが許してくれない

nonbiri muragurashi

スキルが示す特殊クエストを達成した結果、なぜかドラゴンや古代兵器が仲間になっていた

青山陣也 ill riritto

目次

第一章　どこかの桶屋《おけや》が儲《もう》かるには、誰かが風を吹かせる必要がある

「その無礼者を捕らえよ、わし自ら引導を渡してくれよう」

俺をまっすぐに指さし、うっすらとした笑みを浮かべてゆらゆらと近付いてくるのは、この国の王様だ。

完全に目が据わっていらっしゃる。

怒鳴りつけるでも、顔を真っ赤にするでもない。淡々とした口調だからこそ、逆に怖い。

無駄に察しのいい王直属の騎士団長がひざまずき、「これをどうぞ」なんていう従順かつ忠誠心あふれる台詞《せりふ》とともに、見事な装飾が施された剣を手渡している。王様は、磨き抜かれた凶器をしっかりと両手で握りしめて感触を確かめると、さらに口角をつり上げた。

完全になにかを決意した目つきだ。なにかなんて濁してみても仕方ない。つまり、この場合の決意は、俺をこの場で処刑することだ。

「ち、違うんです！　ごめんなさい！」

もちろん、ここで取れる選択肢は、ごめんなさい一択しかない。

俺は王城に忍び込んだ賊でもなんでもない。きらびやかな大広間で催されているこの宴《うたげ》の、言ってみれば主役のひとりのはずなのだ。主役の中でも、端っこの、ちょい役ではあるのだけ

ど。

「陛下、どうかお鎮まりくださいｏノヴァにもきっと考えあってのこと……どうか！」

もはや笑うしかなく、へらりと口元を歪《ゆが》ませて後ずさる俺と、目を血走らせる王様の間に、ひとりの男が割って入ってくる。清潔感のあるショートカットに切り揃《そろ》えられたプラチナブロンドの髪をさらりとなびかせ、エメラルドグリーンの瞳には力強さと優しさが同居する。今日も完璧なイケメンぶりだ。

さらりとした質感とはほど遠いざっくりカットしたこげ茶に近い黒髪と、ハイライトが消えかけた黒目でひきつった笑みを披露する俺には、逆立ちしても纏《まと》えない雰囲気で、こんな時なのに眩《まぶ》しく見える。

彼こそ、この国唯一の勇者にして、俺がここまでずっと一緒に冒険をしてきた一番の仲間、サイラスだ。

「考えとな」

ふむ、と王様が鋭い切っ先を俺にすうと向け、「その者にか？」と鼻で笑う。

「恐れながら、このノヴァは、考えなしのように見えるかもしれませんが、その突飛な発想と行動力でパーティーのピンチを幾度も救ってくれました。胸を張って言える、僕たちの仲間なんです！」

サイラス率いる俺たちのパーティーは、数々の冒険をこなしてきた。

魔の樹海の主やダークドラゴンの討伐、未知の魔法金属の発見、荒ぶる神獣との和解……その功績は多岐にわたる。

これまでの活躍が認められ、国から正式に勇者の称号がサイラスに与えられることになった。称号と勲章の授与が謁見の間でおごそかに行われた後、俺たちはこの大広間に案内され、祝賀パーティーの主役として歓待されていた。サイラスだけではなく、パーティーメンバー全員に誉れある勲章が授与され、英雄としての待遇が約束されたばかりだ。

馬車の操縦、荷物の整理に回復薬の調合、食事の準備……甲斐甲斐《かいがい》しく雑用をこなしてきた俺も、一応はその中に含まれている。いつの間にやら勲章持ちの勇者様の仲間入りかと、ついさっきまではぼんやりと考えていたのに。

「わしの頭から、酒樽《さかだる》を逆さにかぶせるような輩《やから》が、か？　今日のために特別に仕立てたマントも服も、はちみつ酒でべとべとになっておる」

「きっと、嬉《うれ》しさのあまり悪酔いをして……よく言い聞かせておきますので」

「しかも栄誉ある、世界でそなたらしか持つ者のおらぬ勲章を、そこから投げ捨てて、か？」

王様が顎で示した見事な装飾の施された両開きの大窓の先には、雄大な景色と、城の北門へと続く庭園が広がっている。

王様が言う、そこから投げ捨てて、とは他でもない。

今も開けっ放しになっている両開きの大窓から、いただいたばかりの栄誉ある勲章を、振りかぶって思いっ切り投げ捨てた。確かにそれは、俺がやってのけた所業のひとつだ。

「それはその……なあノヴァ、黙ってないで説明してくれ。今回のことも、きっとなにかに必要なことなんだろ？」

さすがのサイラスも、きらきらの笑顔に影を落として、俺に説明を求めてくる。

言い逃れようのない無礼千万な行いの数々が、ちょっと緊張して悪酔いしちゃいました、で済まされそうにないのは、誰の目にも明らかだった。

「それは……」

「それは？」

全員の視線が俺に集まる。

ああ、これがきっと最後の申し開きになるんだろうな。

「こういう理由ですって、はっきりとは言えないんですけど、世界とみんなの平和のためになるはずというか、ひいては陛下のためでもあるはずというか」

間違いなく、ここでの回答が俺自身の命運を分ける。

それがわかっているのに、俺の口からは無情にも、考えなしなあほの子の回答がまろび出てくる。時間よ止まれ。いや、巻き戻れ。お願いだから。

当然、王様は勝ち誇った顔で両手に力を込めなおしているし、サイラスはがっくりと肩を落とした。

「……わかりました」

「わかってくれたか、勇者殿。それではそこをどいてもらおう」

「どうしてもノヴァを斬るとおっしゃるのであれば、いただいた勇者の称号と勲章、揃ってお返しいたします」

うやうやしくひざまずいて、サイラスが頭を下げる。

ほうけてそれを眺めてしまった俺の前に、パーティーの仲間たち三人もするりとやってきて、サイラスにならって膝をついた。慌てて、俺もひざまずく。

「サイラス、みんな……そこまでしてくれなくても」

「その通りだ。本人が驚いているくらいではないか。なぜそうまでしてこの男をかばう……大変な労力をかけて異世界から召喚したというのに、なにができるでもなく、へらへら笑って勇者殿について回ってきただけの、ただの雑用係であろうに」

そう、俺はこの世界に召喚された転移者だ。

正確にいえば地球の、日本《にほん》の、召喚された時点での年齢的には十五歳だった。色々あって、ここまでくるのに三年ちょっとかかっているので、今は十八歳になっている。

ノヴァなんていう名前を名乗っているのも、召喚されてすぐの自己紹介で、西欧風の整った顔立ちの皆さんに囲まれたことで頭が真っ白になって、霧島伸秋《きりしまのぶあき》と名乗りたいところを、『のヴァあ、き、きりしむ』とかみかみで答えたことが始まりだ。

何度か聞き返されて、すっかり理性の引き出しが空っぽかつ開けっ放しになった俺の、この世界での名前はノヴァ・キキリシム。キリシマのマすらうまく言えなくて、キキリシム姓になっているあたり、とっても素敵で涙が出てくる。

「本人が考えている以上に、彼のスキルは優秀です」

「『風が吹けば、オケヤが儲かる』だったか？　大した役に立たぬ運試しスキルと聞いておる」

「そんなことはありません。そうでなければ、戦う力を人並み程度にしか持たない彼が、今日まで生きていられるわけがありません。本当によく死なずにここまでこられたものだと、よくノヴァのいないところで話しているくらいで。彼は奇跡の塊なんですよ！」

そうか、サイラス。きらきらの瞳と真剣な口調。本気でかばってくれているのはよくわかる。でもだいぶ辛辣《しんらつ》だよ。俺のいないところで、俺がどうして生きているのか不思議だねとみんなで話していたなんて。

がっくりとうなだれた俺を見て、王様は反省の意思ありと判断してくれたらしい。大きなため息をつくと、「もうよい」と小さく呟《つぶや》いた。

「興が冷めた。わしは湯に浸《つ》かってくる。皆は宴を楽しんでいてくれ。おい、これを」

王様は、はちみつ酒でべたべたになったマントを、近くにいた大臣に投げつける。

「追放とする」

それから、一段と低い声色で振り返り、改めて俺をにらみつけた。

「わしは貴様の運試しスキルなど信じておらぬ。無礼を働いたことは事実。すぐに出ていけ。そして、二度とこの王都に足を踏み入れられぬと思え。命があっただけでも、勇者殿と仲間たちに感謝するのだな」

今度こそ背を向けた王様がのしのしと退席し、護衛の騎士団がわらわらとそれに続く。

ぼうぜんと見守る俺と、仲間たちと、残されたいくらかの貴族が、気まずい空気の中で立ち尽くす。

「じゃあまあ、出ていくよ。みんな、今までありがとう」

「ノヴァ……きみが出ていくなら、僕も」

「それはさすがにダメでしょ、サイラス」

この男は最後まで優しい。最初こそ頼りなかったけど、立派に成長したこの国の勇者、サイラス。中流貴族の次男である彼は、類稀《まれ》なる剣と魔法の才能に加えて、人を惹《ひ》きつけるカリスマ性がある。

討伐対象とされた魔物が相手でも、対話の可能性を探り、一方的に決めつけたりはけっしてしなかった。少し甘いところもあるけど、文句なしのいいやつだ。

「まさかここで、いつもの奇行が出ちゃうなんてね。さすがにかばいきれないかと思ったけど、追放ならまあ、落としどころかな。生きててよかったね、ノヴァくん」

ばんばんと肩を叩《たた》いてきたのは、聖女と名高い治癒師のクレアだ。

透き通るようにきらめく水色の髪と、大きな金色の瞳をもって繰り出される穏やかな笑顔は、初見のほとんどの相手を魅了する破壊力を持っている。

もちろん、その実力も本物だ。死んでなければ治せるから、との頼もしいひと言は伊達《だて》ではなく、物理的に命を救われたことも数知れない。

「奇行は余計だってば」

「まあまあ。最悪の場合は、ひと暴れして逃げるしかないかなって思ってたけど、よかったわね。国ごと敵に回すダーティーな『聖女様』も悪くないかなって感じだったんだけどな」

ただし彼女は、見た目と肩書きほど優しくはない。表向きは治癒魔法で有名になっているが、本当に得意なのは、相手をもてあそぶような超高品質なデバフ魔法の数々で、敵に回すのは是が非でも遠慮したい相手だ。

「それで、今度はなにが起きそうなの？　平和のためってことは美味《おい》しいものが降ってきたりする？」

「いや、それがまだ本当に、ふわっとしかわからないんだって」

狐《きつね》っぽい耳としっぽが、好奇心旺盛にふりふりと揺れる。獣人族の少女、ディディがわくわくした顔で覗《のぞ》き込んできた。

サイラスとの冒険で、一番変わったのは彼女だろう。暗殺ギルド出身で、暗殺者としてのデビュー戦で俺とサイラス、クレアに大負けして要人の暗殺をし損ない、異例の改心を果たしたのが彼女がパーティーに入るきっかけだった。

自分以外のなにも信じられなかった孤独な暗殺者見習いは、今では仲間に天真爛漫《らんまん》な笑顔を振り撒《ま》く、ムードメーカーになっている。

「……達者でな」

しかめっつらのまま、ひと言だけ別れを告げて背中を向けてしまったバスクは、凄腕《すごうで》の重戦士だ。

二メートル近い長身かつ無口で強面《こわもて》のスキンヘッドという、とっつきにくい印象の彼だが、本当はいつも仲間のことを気にかけてくれている。彼の気遣いと、相手のことを考えてくれた上での厳しい態度のおかげで、俺は随分成長できたと思う。

サイラス、クレア、ディディ、バスク……みんな本当に、自慢の仲間たちだ。

「またどこかで会えたらいいな」

「あてはあるのか？」

「まあ、一応ね。桶屋のお導きってことで。もともと式典とか、お貴族様との会食とかは得意じゃなかったし、スローライフ目指してふらふらしてみようかなって。結局、もとの世界には帰れないみたいだしね」

「ふうん……またどこかで、とか残念なこと言ってないで、居場所が決まったら手紙くらいは出しなさいよね」

わかったよ、とクレアに返事をして、俺はおもむろにジューシーな骨付き肉を手に取った。

「あはは、このタイミングでお肉？　ノヴァっちやるね！」

「みんな、ごめん」

茶化すディディを制して、頭を下げた。それから、俺でも使える下級の炎魔法を唱えて、骨付き肉に火をつける。

「は？　なんでそれ、燃やしてるわけ？」

「これをしないと整わないみたいで、しょうがないんだ。なんとか、うまくごまかしておいて」

勲章を投げ捨てた時と同じように、俺は大きく振りかぶる。感動の別れとは違う意味で、正直ちょっと涙目だ。

「てい！　それじゃ！」

燃えさかる骨付き肉を、堂々と存在感を示す王家の旗、すなわちこの国の国旗に投げつけて、俺は全速力で広間を後にした。

俺だってこんなことはしたくない。したくないけど、しょうがないんだ。どこかの桶屋が儲かるためには、風を吹かせる必要があるのだから。

こうして俺は、栄誉ある勲章を窓から投げ捨て、王様にはちみつ酒の樽を頭からかぶせ、大広間に堂々と掲げられた国旗を燃やして逃走するという、完全無欠の出入り禁止ムーブで王都を後にした。

目指すのはのどかな町か村。勲章なんか気にしない、はちみつ酒をひっかけても処刑されたりせず、燃やす国旗が一枚もない、静かな新天地だ。

王都へ出入り禁止にされても、国内にいられないわけじゃない。あくまでも、出入りできないのは王都だけだ。

街道を歩いても、買い物をしても、乗り合い馬車に乗っても、なにも咎《とが》められはしない。もちろん、凶悪犯罪とかをやらかせば、国内どころか全世界で指名手配なんてこともありえるけどね。

俺の場合は、これまでの勇者パーティーでの功績のおかげで、無礼度合いから比べれば随分と寛大な措置をいただいたと思う。しかも懐には、勇者パーティー時代に稼いだ結構な資金があって、つまり俺の旅立ちは、ちょっと追放されたくらいなら順風満帆にいくはずだったんだ。

「はあ、お腹《なか》すいた」

そう、王都で取っていた宿に戻れてさえいれば、自分の鞄《かばん》に入った結構な額の資金を持ってこられるはずだった。はずだったのに。

「あんの騎士団、目の色変えて追っかけてきてさ。なんだってんだろね」

なんだってんだろね、どころじゃないことは自分でもわかっている。だからこれは愚痴というか、空腹を紛らわすための自己演出というか、そういうことだ。

せっかく、仲間のおかげで五体満足で王都を出られるところを、とどめの一撃よろしく国旗に骨付き肉を投げつけてしまったのだから、王様どころか、国ごと侮辱したと取られても仕方ない。

上質な生地の旗がめらめらとはためいて、ぶすぶすと大量の煙が広間に充満していく中、俺は大急ぎで逃げ出した。それはもう全速力だった。いつだったか、冒険の序盤でいきなり出会った、明らかに自分より強い魔物から逃げ出した時を思い出すような勢いで、入り組んだ王城を逃げに逃げた。

それなのに、城門を出た辺りであっさりと、追っ手がかかってしまったんだ。全速力で走ってはみたものの、どうやら城を抜け出すまでに時間をかけすぎてしまったらしい。

地の利は向こうにありというか、こんなことなら、お貴族様との会食とか、成果報告を兼ねた堅苦しい式典とか、みんなに任せっきりにしてきたあれこれに、もう少し顔を出しておけばよかった。

ともかく、追っ手というか追い出し手というか、つまりは俺を一秒でも早く王都から叩き出すためのチームが、数人の忠実な騎士様によって編成されたらしかった。

結果として俺は、目を血走らせた騎士様たちに散々に追い立てられて、ほとんど着の身着のままで放り出されてしまった。王城の入口で預けてあった、ちょっとした薬類だとかの荷物と剣を取り返せたのは、不幸中の幸いってところかな。ついでに、王城で礼服に着替えさせられていたおかげで、一応は着替えもあったしね。

荷物なし、お金なし、武器もなしでは、いくらか平和になったとはいえ、魔物や魔獣のうろつく中を旅するのは辛《つら》すぎる。

そうして王都から飛び出して、かれこれ十日になるだろうか。俺は、自生している果物や木の実を食べたり、危険度の低い狩りをしたりして、どうにかここまで食い繋《つな》いでやってきた。

立ち寄った町や村で悠々自適にグルメを楽しむような優雅な旅は、夢のまた夢になってしまったというわけ。目指すのが山暮らしやスローライフでも、旅行中は贅沢《ぜいたく》したかったのにな。

「で、目的地はこの奥ってことか。思ってたより、いい感じに深いね……！」

街道を抜けて、林の間の細い道をくぐりぬけた先、俺の目の前には、スキルが示してくれた目的地である小さな村があるはずの、うっそうとした森が広がっていた。

俺が思い描いていた新生活は、ほどよい田舎暮らしというか、ある程度のライフラインは整っているけど自然が豊かなイメージだったんだよね。

未開のジャングルで森の王を目指したいわけでもなければ、森に棲《す》む魔物や魔獣としのぎを削るサバイバル生活をしたいわけでもない。

それなのに、俺のとりあえずの目的地は、どうやらこの深い深い真っ暗な森の奥深くらしい。

耳をそばだてなくても、明らかに平和的ではなさそうな雄たけびやら唸《うな》り声やらが、風に乗って運ばれてくる。

いくら空気が綺麗《きれい》で自然が豊かでも、とても大きく深呼吸したい気持ちにはなれない雰囲気だ。獣道なのか村の皆さんが行き来するためなのか、かろうじて道らしきものを辿《たど》れそうなのはまだ救いかもしれない。

「本当に大丈夫なのかな。こっちはいつの間にか完了してるし……ちょっと自信なくしそう」

手元に浮かべたスキルウインドウをぼんやりと眺める。

『隣の男に飯をおごれば、世界が平和になる』(completed)
 ┗『王都で式典に参加しよう』(completed)
  ┗栄誉ある勲章を窓から投げ捨てよう (completed)
  ┗王様をはちみつ酒まみれにしよう (completed)
  ┗王様の印とハートに火をつけよう (completed)
  ……

勲章の投げ捨て、王様へのはちみつ酒、そして国旗への火炎肉の投擲《とうてき》。すべて、俺のスキル『風が吹けば桶屋が儲かる』の達成クエストとして指示されたものだ。

クエストには、カテゴリごとにサブタイトルがついているものもある。実際にクリアしていく必要のある一番細かいクエストを、俺は桶屋クエストと呼んでいた。よく考えると、クエストの立ち位置は風を吹かせる方なのだけど、風クエストとかだと語呂が悪いし、ただのクエストじゃ味気ないからね。

つらつらとサブタイトルやら桶屋クエストやらが並ぶ端には、『隣の男に飯をおごれば、世界が平和になる』とある。

思い起こせば三年とちょっと前。酒場の隣の席でうなだれていた男……サイラスに、なけなしの銀貨でごはんをご馳走《ちそう》して、意気投合して一緒に冒険をすることになったのが、すべての始まりだった。

召喚されたそばから役立たずスキルだと言われて、わずかな路銀を持たされてあっさり城から追い出された俺と、中流貴族の放蕩《ほうとう》息子として実家を追い出されたサイラス。なぜだか他人の気がしなくて、山盛りのお肉を一緒に口いっぱいに頬張ったたっけ。

最初はやさぐれた貴族の次男坊でしかなかったサイラスは、見事に数々の難関を乗り越えて、立派な勇者になった。人間に、そして世界に害をなすとされてきた魔物もいくつか倒して、きっと世界もいくらか平和になったんだと思う。

「サイラスを勇者にしたところで、スキルの期限切れだったりしてね」

数年がかりで温めてきた壮大なツリーの仕上げが、国旗を燃やして追放よろしくひとりで逃げ出すのでは、あまりにもガス欠感がひどい。

「まあ、なるようになりますか」

今回やってきた辺境の森林地帯も、別のツリーにぶら下がったクエストに従っている。俺にはこれしかないのだし、なんだかんだでうまくやってきた自負もある。

スキル自体が消えたわけでもなし、進んでいけばじきに調子も戻ってくるよね。

「はあ、お腹すいた。とりあえずでいいからなんか食べたい」

もくもくと足を動かして、気を紛らわしがてら、何度目かの空腹を森の茂みに訴えかけたその時だった。

チリンと鈴の鳴る音がした。

「お、どれどれ？」

立ち止まって、いそいそとスキルウインドウを開きなおす。

『小枝を手折れば、とりあえずなんか食べれる』

想像通り、そこには新たなツリーができあがっていた。

「桶屋クエストなしでツリーだけだ！　やった、なんか食べれる！　はず！」

サイラスとの出会いから始まった壮大なツリーのように、達成までにいくつもの桶屋クエストをこなす必要があるものもあれば、今回のように、きっかけになるなにかをすればすぐに叶《かな》うこともあるのが、俺のスキルの気まぐれなところだ。

『隣の男に飯をおごれば、世界が平和になる』のツリーでは、先の王都であれこれとやらかした『王都で式典に参加しよう』のサブタイトルに連なる桶屋クエストをはじめ、本気でお怒りの神獣を宥《なだ》めたり、ダークドラゴンを討伐したり、仲間たちと出会ったり……三年分の冒険が詰まっている。

それに比べて、今回の『小枝を手折れば、とりあえずなんか食べれる』のツリーはあっさりしたもので、ぶら下がるサブタイトルも、そこに紐《ひも》づく桶屋クエストすらもない。

つまり、これまでの経験から考えると、ツリーのタイトルに書かれた通り、いい感じの小枝を折るだけでなにかが食べられるはずだ。

きょろきょろと辺りを見回しながら歩いてみると、ひょいとはみ出した小枝が、こちらをどうぞと言わんばかりに右手にこつんと当たった。絶妙なポジショニングといい、いっそ不自然ですらある、俺の手元に向かったはみ出し方といい、おそらくこれに間違いない。

「それじゃあ、やってみますか」

スキルが指し示す通りに、俺はその小枝を片手で掴《つか》み、ぱきりと手折った。

「わ、こんなところから？」

すると、ちょうど近くに隠れていたらしい小動物が、驚いて飛び出した。小動物は、俺が小枝を折ったのとは別の木に頭から突っ込むと、くるくると目を回しながら逃げていく。

「おっと、今度は鳥か」

小動物が突進した木で休んでいたらしい小鳥が、慌てて飛び立つ。

「危なっ！」

そこへ、ひと回り大きな猛禽類《もうきん》が急降下して襲いかかった。

小鳥はひらりとそれをかわすと、俺が小枝を折った方の木に逃げ込んだ。猛禽類の大きな身体《からだ》では、枝を縫うようにしてちょこまかと逃げる小鳥を捕らえきれない。

猛禽類はすぐに諦めたようで、ばさりと大きく羽ばたいて飛び去る。

「なるほど。で、こうなると」

森が静かになると、俺の手の中には、小枝を折った木から猛禽類の羽ばたきで落ちてきたらしい果物がひとつ、すっぽりと収まっていた。

それは、美味しそうに赤く色づいている。

しげしげと眺めてみれば、何度か食べたことのある、ほとんどりんごに近い果物だった。

改めて見上げると、だいぶ頑張って木登りしないと届かないような場所に、いくつかの果実が見え隠れしている。色づき方もまばらで、ちょうどよいものがひとつだけ手の中に収まってくれたのは、さすがという感じだ。

「いただきます！」

目立つ汚れや虫がついていないことを確認して、念のため服の裾でごしごしと皮をこすってから、俺は真っ赤な果物にかぶりつく。

甘酸っぱい果汁が、しゃくしゃくとちょうどよい硬さの果肉と一緒に口の中で弾ける。酸味もしっかり感じられて、疲れた身体に心地よい刺激だ。夢中で頬張って、種とへたは土に返させてもらう。

「美味しかった、ご馳走さま！　でも本当に、とりあえずなんか、だったね。基本に戻ったみたいでちょっと嬉しいかも」

自信なくしそう、などと考えたものだから、そんなことはないよとスキルが返事をしてきたような気分だ。

まだまだ自分のスキルが仕事をしてくれる感触を得て、それならもっとお腹いっぱい食べたいなと考える。ついでに、お金も稼がなきゃいけないし、この森にやってくるきっかけになった、のんびりした理想の暮らしに向けたツリーも育てていきたい。とりあえず予定通り、村を探してみようかな。

チリンと、また頭の中で鈴が鳴る。

『川に入れば、お腹がふくれて居場所が見つかる』

俺は思わず噴き出した。スキルに出てくるツリー表示は、どうやら俺自身の語彙を頼りにしているらしいから、こうなることも多いんだけど、お腹がふくれて、とのひと言が盛り込まれているあたり、随分と直接的だ。

川か……溺れてお腹がぱんぱん、居場所は川の底をご用意しました、なんてオチはないって信じてるからね！

ちょうど右手から聞こえてきた水のせせらぎを頼りに、俺はゆっくりと歩き出した。

清らかで澄んだ流れに、そっと手を入れる。冷たくて気持ちがいい。流れもゆるやかだし、気温も十分。これなら大丈夫そうだ。

「村に着く前に、ついでに水浴びしときますか」

日本出身の身としては、そろそろ温かいお風呂が恋しくなってくるものの、まったく身体を洗わないわけにもいかない。川を見つけたら水浴びをしたり、身体を拭いたりして凌《しの》いでいた。

到着してからお風呂を探してもいいんだけど、この大森林のさらに奥にある村となると、宿屋自体が存在しないおそれもある。それに、第一印象は清潔な方がいい気がするしね。

もし温かいお風呂がなかったら、まずはお風呂の啓蒙《けいもう》活動から始めようかな。

念のため、スキルウインドウを眺めてツリーを再確認した。お腹がふくれるツリーには、川の入り方に関する指示はない。強いていえば、上半身はきちんと脱ぐように注意書きがしてあるくらいだ。

これなら、ついでに水浴びしても失敗にはならないよね。

さすがに全裸になってしまうと、いざという時……もちろん、なるべくそんな瞬間はこないでほしいけど、身動きが取りづらい。下着のパンツを残して服を脱ぎ、荷物と一緒にまとめて置いてから、ゆっくりと川に足を入れる。

透明度が高くて、底まで見渡せるくらい綺麗だ。急に足がつかなくなって溺れちゃう……なんてこともなさそうだ。簡単に頭と身体を濡《ぬ》らしてこすってから、穏やかな流れに身を任せてぷかりと仰向けに浮かび、ぼんやりとスキルウインドウを眺めた。

ひとりになってからというもの、俺はスキルウインドウばっかり眺めている気がする。日本にいた頃、特に見るものがないのにスマホを眺めてしまったあの時間に似ているかもしれない。

『栄誉を捨てれば、理想の暮らしが始まる』★
「『ラルオ村へ行ってみよう』
『川に入れば、お腹がふくれて居場所が見つかる』
※上半身に身に着けているものは脱いでから川に入ること
『小枝を手折れば、とりあえずなんか食べれる』（completed）
『隣の男に飯をおごれば、世界が平和になる』（completed）
「『王都で式典に参加しよう』（completed）

「栄誉ある勲章を窓から投げ捨てよう（completed）★
……

お腹がふくれるツリーのひとつ前、追いかけているメインのツリーには『栄誉を捨てれば、理想の暮らしが始まる』なるタイトルがついている。

これは今まで見たことのないタイプで、いつの間にか終わっていた『隣の男に飯をおごれば、世界が平和になる』のツリーに入っていた桶屋クエストである、勲章の投げ捨てから派生しているように見える。ご丁寧に星マークがついているもんね。

『栄誉を捨てれば、理想の暮らしが始まる』にぶら下がっているのは、今のところ森林深くにある村……ラルオ村へたどり着くことだけだった。とりあえず行けばわかる、行ってみなければなにもわからないってことだね。

身体も綺麗になったし、考えの整理もできたし、冷えてしまう前に上がろうかと身を起こしたところで異変に気付く。身体が、やけに重い。

「うわあああ！」

原因はすぐにわかった。スライムだ。無色透明なスライムが、何体も俺の身体にまとわりついている。川の水も透明、スライムも透明で、しかも呑気《のんき》にぷかぷか浮かんでスキルウインドウに集中していたから、気付くのが遅くなってしまった。

「痛い！　ひい、うわ、血を吸われてる⁉」

スライムからぬるりと伸びた触手らしきものが、ぶすりと俺の身体に浅く刺さり、そこからじんわりと血が吸われていくのが見えた。水浴びしてたらいつの間にか血を吸われて、干からびちゃいました、なんて冗談にもならない。お腹がふくれるどころか、しわしわ空っぽコースじゃないか。

まとわりついたスライムを、ちぎっては投げて引き剥《は》がしながら、大慌てで川から上がる。血を吸われたけだるさで重たくなった身体に鞭《むち》を打って、河原に置いてあった剣を抜き放つ。とにかく、スライムを全部剥がさないと。

俺が川から上がったことで逃げられると思ったのか、スライムたちの吸いつきが水中にいた時より明らかに強くなっている。

「離れろ……って！」

メリメリと音を立てて、いくらかの流血とともに最後のスライムを引き剥がしたところで、ぜえはあと肩で息をする。勇者パーティーの一員なんて言ったって、俺には特別な戦う力はない。

異世界に来てから覚えたちょっとした剣術と、戦いの役に立てるかどうか微妙な程度のいくつかの魔法。それから、王様に運任せと揶揄《やゆ》されたユニークスキル。それだけだ。

訓練と工夫次第で、簡単なものはほとんど誰でも使えるようになる魔法と違って、異世界から転移してきたり、サイラスのように特別な才能を持っていたりするごく一部の人にしか発現しないユニークスキルは貴重だ。

『風が吹けば桶屋が儲かる』を王様に披露する直前までは、俺への態度もびっくりするほど丁寧だったもんね。

初めてのスキルで大失敗をやらかして、儲かるどころか大損したあのツリーのことは、きっと一生忘れない。

早々にVIP待遇が終了したおかげでサイラスたちとも出会えたし、三年ちょっと駆け回っていたから、体力や筋力は比べものにならないくらいついたけどね。冷静に準備して身構えた状態なら、スライムだとか、街道のはずれに出てくるような魔物や魔獣に負けはしないけど、水浴び中はひどいじゃないか。

「うは、冗談でしょ……？」

荷物と服を取ろうとした俺は、思わずへらりと口元を歪ませた。

川の中からわらわらと、獲物を逃してなるものかと言わんばかりの、大量のスライムが上がってきていた。

相変わらずの透明っぷりだけど、陸に上がればなんとなく形はわかる。なるほど、水そのものに擬態して待ってたってわけか。生命の神秘ってすごい。

なんて、感心している場合じゃない。集合体恐怖症の人が出くわしたら、卒倒しそうな眺めだ。透明でよく見えないのが、逆に救いかもしれない。

這《は》い出してきたスライムたちは、すでに俺のシャツとパンツ、荷物にも群がっている。今すぐこの場を離れたい。離れたいけど、さすがに荷物一式を全部放り投げて、パンイチで旅の続きをやるのは辛すぎる。剣をどうにか握りしめていても、心の剣が折れちゃいそう。

「てぇい！」

タイミングを見計らって服と荷物をぱっと引っ掴むと、俺は一目散に逃げ出した。

当然、スライムは追ってくる。シャツとパンツにはすでに、びっしりとスライムがひっついていた。水中で俺の身体にまとわりついていた数体とは、比べるべくもないびっしり具合だ。それでも、残念ながらそれらを丁寧に剥がしている余裕なんてない。もちろん、スライムまみれの服を着る余裕も、勇気もない。

不本意ながらパンツ一丁で森を駆け抜け、シャツとパンツをぶんぶん振り回す。しかし、そんなことでは、スライムはまったく剥がれる気配がない。今のこの姿だけは、サイラスたちにも、他の誰にも、けっして見られたくない。

無事に逃げ切ってスライムたちを剥がしたら、そのままお墓まで持っていこう。

「きゃあああ！」

早くも見られた⁉

突然の悲鳴に、どこを隠せばいいやら、くねっとした不思議ポーズで剣を構えてしまい、自主的に恥を上塗りした俺めがけて、ひとりの女の子が走ってくる。

「ごめんなさい、どいて！」

「そんな急に無理ですぐぼあっ⁉」

見事なポージングをキメたまま硬直した俺は、見知らぬ女の子からショルダータックルのプレゼントをいただいた。半裸のままごろごろと数回転して、うつむきに止まった俺は、熱烈なキスの相手を務めてくれた冷たい大地に別れを告げて、顔を上げる。

「ごめん、大丈夫？　怪我《けが》してない⁉」

「そっちこそ……ってどうして裸⁉　っていうか、そんなことよりあいつは⁉」

どうやら無傷だったらしい女の子は、がばっと起き上がると、手にしたナイフを握りしめて身構えた。

そういえば、なにかに追われているようだった。どんな相手で、どれくらい距離があったのか。なにもわからないままごろごろと転がってしまったけど、確かにそれどころじゃない。

ギュッと拳に力を込めて、俺も女の子と同じ方に視線をやる。

どこから、なにが来る？

鈴の音は聞こえなかった。新しい桶屋クエストが出ているわけでもないとなれば、今の俺にできることは限りなく少ない。

「あれ……もしかして、俺の？」

握りしめていたはずの剣も荷物も、ついでにスライムまみれのシャツとパンツも、手元からなくなっている。さっき女の子にぶつかった時に、ばらまいてしまったらしい。

それは仕方ないし、問題はそこじゃない。

問題は、俺の手を離れて飛んでいったシャツとパンツをかぶったなにかが、怒りに満ちた様子でうごうごと這い寄ってきていることだ。

「気を付けて。牙と血に強い毒を持つ猪《いのしし》型の魔獣です！」

緊張感のある声で、女の子がこちらを振り向かずに叫ぶ。

シャツとパンツの隙間から、黄色い目玉がぎょろりと覗いた。完全にお怒りだ。

「わたしがなんとかするから、合図したら逃げて」

女の子が、俺がやってきた茂みの方を指さす。なんとかするって言ったって、どうするのだろう。

女の子が手にした小ぶりのナイフは肉厚で、対魔獣用にも役に立つのかもしれないけど、牙と血に毒を持つらしい相手に、リーチの短いナイフでは相性が悪すぎる。

ナイフで一撃を入れるためには牙の間合いに入らなければならないし、かいくぐって斬りつけたとしても、返り血で毒を浴びてしまう。

「そんな、放っておけないよ」

魔獣を警戒しながら、剣の位置を確かめる。魔獣の斜め前……正直、嬉しくない位置だ。でも、絶対に不可能ではなさそうだ。

「変なこと考えないで」

「いや、いける！」

かけ声をはずみに、俺は剣に飛びついた。

あの魔獣より、もっと大きくて凶暴で、素早い相手とだって対峙《たいじ》してきたんだ。山あいの村で新生活を送ることになるかもしれないなら、地元の魔獣くらい相手にできなくてどうする。

取った。握った剣の柄からひやりとした感触が伝わってくる。

「危ないっ！」

女の子が叫ぶ。

剣に飛びついたままの体勢で魔獣に意識を向けると、魔獣は完全にこちらを向いて、姿勢を低くしていた。剣の柄よりもっと、本能を刺激するひやりとした感触が背中をつたう。

——突進してくる！

ぐっと魔獣の前足に力が入る。俺はまだ、剣をどうにか掴んだところで、身体を起こそうとしている途中だ。

牙に毒があると女の子は言っていた。そこだけは注意して、いなすか受けるかして立て直す。それしかない。覚悟を決めて集中した。

ぐうっと、時間がゆっくり流れているような感覚に襲われる。身体が鉛のように重い。アドレナリンだかなんだか、脳内から大量のなにかが放出されて、神経を研ぎ澄ませてくれているのだろうけど、それならちゃんと、身体もいい感じに動くようにしてほしい。思い通りに動けないいまま、猪の突進を真正面からいただくなんて、なんの罰ゲームだよ。

「……あれ？」

ゆるゆると流れる視界の中で、いくら待っても突進はこなかった。

魔獣はぐっと前足に力を入れて、力強く駆け出すかと思いきや、前のめりにどさりと倒れてしまった。

「もしもし？　魔獣さん？」

警戒しながらそろりそろりと近付いて、剣でつついてみても反応がない。

もともと瀕死《ひんし》で、決死の覚悟で女の子を追ってきていた？

いや、そんな風には見えなかった。それじゃあどうして？

首をひねっていると、魔獣の身体から、透明の液体がじわじわと染み出してきた。毒を警戒して飛びのく。でも、それ以上のことは起こらない。

どうやら動かなくなってしまった魔獣から、視線を女の子に移す。目を合わせてくれた女の子も肩を竦《すく》めて、わからないといった表情だ。

「なんかわかんないけど、倒せた……のかな？　ちょうど寿命だったとか？」

「こ、これは……嘘《うそ》でしょ⁉」

錯乱した考察で目をくるくるさせる俺をスルーして、女の子が驚きの声をあげた。

「なにかわかったの？」

「その反応……冗談よね？　あなたが、狙ってやってくれたんじゃないの？」

「いいえ、違います」

即座に全否定だ。

できないことをできると言い張って、いいことがあった試しはない。誤解は早めに解いておくに限る。

なにしろ、俺がやったことといえば、女の子の邪魔をしてぶつかって足を止め、荷物を散らかして、剣を拾いにいって自らピンチを招いたくらいだ。しかも、パンツ一丁で。

なんだかすごく辛くなってきた。あまりにシリアスな話の流れに、とりあえず服を着てもいいかなとも言い出しづらい。

しかも、それが許されたとしても、俺が着ようとしている服はさっきまで吸血スライムまみれで、今は毒持ちの魔獣がでろでろとなんらかの液体を垂れ流して倒れた上に、くったりとかぶさっている。

王城で着ていた礼服は、路銀の足しにして下着の替えとなけなしの食料に変えてしまったから、そこにあるのが一張羅だ。考え事があまりにも多すぎる。

元勇者パーティー所属とはいえ、こんなところで勇気を試されたくはなかった。

「結論からいえば、魔獣は死んでるから、とりあえずもう大丈夫。わたしはニナ。ニナ・スフレナ。なりゆきなのかもしれないけど、助けてくれてありがとう」

深々と頭を下げたニナに、慌てて俺も頭を下げる。

「俺はノヴァ、ノヴァ・キキリシム。なんとかなってよかったけど、逃げてるところを邪魔しちゃってごめん」

顔を上げたニナは、真っ赤な髪をさらりとかきあげて、ふんわりと笑った。

「その様子だと、本当に狙ってやったわけじゃないみたいだね。信じられないけど……きみはすごいことをしてくれたんだよ」

ブラウンの大きな瞳が、ジッと俺を見つめてくる。目力が強くて、つい目をそらしてしまう。

俺の色素薄めのくすんだグレーがかった黒目じゃ、受け止めきれない。

「そうなの？」

「あの魔獣は牙と血に毒があるって言ったでしょ？　血の方の毒が、消えてなくなってるんだよね」

「死ぬと毒が消えるってこと？」

ニナは首を横に振る。

「牙の毒は上手に解体すればなんとかなるけど、血の方はどうにもならなくて、困ってたんだ」

「それじゃあ、どういうわけか血の毒だけが……あ、もしかして」

「なにか心当たり、あるの？」

なんとなくわかってきた。

魔獣には俺のシャツとパンツがかぶさっていて、シャツとパンツには吸血スライムがびっしりくっついていた。つまり、そういうことだ。

「実はさっきまで、あっちの川で水浴びをしてたんだけど」

「え！　スライムだらけのあの川で？　大丈夫⁉」

その大丈夫は、俺の身を案じてだよね？

俺の頭の中身に対してじゃないよね？

ざっくりしたひと言に不安を覚えつつ、ひとまず頷《うなず》いて続ける。

「まあ案の定、スライムに襲われちゃって。それでこんな格好で逃げてきたんだけど、魔獣にかぶさってる服に、スライムがいっぱいついたままだったんだ」

「スライムが毒の血を吸って、浄化してくれたってこと？」

「浄化してくれたっていうか……相討ちっていうか？」

魔獣から染み出したでろでろとした透明の液体は、スライムたちの成れの果てに違いない。

まさかの相討ち、お互いを引き合わせた俺もびっくりだ。

「すごい！　すごいすごいすごい！　ノヴァ、めちゃくちゃお手柄だよ！」

「そ、そう？　どうもありがとう？」

ニナは大興奮してぴょんぴょん飛び跳ねると、「そうだ、みんなに知らせなくちゃ」と叫ぶや否や、空に向かってぱあんと光の玉を打ち上げた。

ちょっとした明かりを確保するための、魔力の素養があれば誰でも使える初級魔法だ。

近くに他の魔獣がいたら、寄ってきちゃわない？

なんて言うのはきっと野暮なのだろうし、黙っておくことにする。

「もしよかったら、ノヴァも一緒に村に来てほしいんだけど、どうかな？　その魔獣を村に運んで、食べられるかどうか、色々試してみなくちゃ。もしダメでもいい素材になりそう！」

「お邪魔じゃなければ、案内してもらえると嬉しいな」

「なに言ってるの！　ほとんどノヴァが仕留めたようなものなんだから。むしろ、どんなお礼をしたらいいか、みんなに相談しなくちゃだよ！」

「いや、そんな大それたことは別に……それならじゃあ、お願いします」

うんうん、と大きくニナが頷き、俺もへらりと笑う。

「決まりだね！」

「うん、行こう！」

ふたりしてにこにこと笑い合い、村の人たちを待つ間に、どちらともなく散らばった荷物を片付け始める。

ぽつりぽつりとお互いのことも話して、ニナが俺と同い年の十八歳であることなんかも教えてもらった。

「こんなもんかな」

「そうだね。そしたらノヴァ、悪いんだけどとりあえず」

ひと通り片付いたところで、ニナが申し訳なさそうにする。

「うん？」と首を傾《かし》げた俺に向かって、頑張って作りました、と言わんばかりの笑みを貼りつけて、ニナは首を傾げてみせた。

「村のみんなが来る前にそろそろ……服、着てみてもいいんじゃないかな？」

第二章　吹いてきた風に乗るかどうかは、時と場合と勢いによる

ニナの合図でやってきた数人の村人たちと一緒に、歩くこと数十分。

森林の奥深くの村……ラルオ村は、人口百人ちょっとの小さな集落だった。

立地から想像していたより、だいぶ広い。広いというか、森の開き方が上手という方が正しいかな。ひとつひとつは小さな畑でも、森と共存しながら、そこかしこが開いてある感じだ。

村のすべてを高い塀で囲うわけにはいかないので、家だけはある程度まとまって建てておいて、畑を散らしてあるのだそうだ。たくさんの小さな畑と、山の恵みとで細々と自給自足しているのだと、ニナが説明してくれた。

村からはだいぶ離れたあの場所へ、すぐに応援に駆けつけてくれた村人たちも、ニナと一緒に食材や素材を探しにきていて、それぞれ近くにいたらしい。

毒を持つ危ない魔獣だの、吸血スライムの群れだの、のどかな村の風景からは想像しにくい危険地帯で、護身用程度のナイフを片手に散らばって探索するのはいかがなものかと思ったけど、答えは単純だった。圧倒的に人手が不足しているからだ。

昼間だからなのか、簡易的な魔獣除けの柵を越えて入った村の中は閑散としていた。数人の子供たちがなにかの手伝いをしていたり、あるいは休憩がてら遊んでいたりして、それを見守

る大人はどちらかというとご年配の方が多い。

ニナや応援に駆けつけてくれた皆さんのように、若くて体力のある村人は、割り当てられた作業なり探索なりをやっているのだろう。

「のどかでいいところだね。でもあれだけなんかこう、雰囲気が違うような？」

「あはは、やっぱりそう思う？」

村の中心、広場になっているところに、金属製の像が立っている。

木造の家が並び、小さな畑が点々としている中に石造りの台座があって、立派な女性という か、少女の像が立っているのだ。

「初代の村長さんの像なんだって。ずっと昔からあるみたいだよ。それこそ、わたしが生まれた時にはもうあったし」

随分古いものだという割には、傷ひとつない台座と像はどこか現実味がない。

もしかして、俺と同じような転移者か転生者が、ここに村を作ったんだったりして？

気になって集中してみると、台座と像の辺りは他の場所より随分魔力が濃いようで、光の粒がふわふわと浮かんでいた。どちらも、ただの石や金属ではなさそうだ。

しげしげと眺めて難しい顔をしていた俺の肩を、ニナが苦笑いでとんとんと叩く。

「荷物、とりあえずあそこまで運んじゃおう？　ごめんね、お礼をするとか言って、手伝ってもらっちゃって」

ニナが、像が立つ広場の先にある、ひときわ大きな二軒の建物を指さす。

猪魔獣は、数人の屈強な村人が運んでくれている。その代わりに俺は、果物やら木の実やらが入った大きなかごを背負っていた。村人のひとりが背負っていたものだ。

他にも、このうっそうとした森林の中でそれをひとりで運んでいくには、どういうスキルがあればいけるんですかね、と心配になるような大きな荷車に、あれこれと食材や素材を詰め込んだ村人もいて、皆さんのたくましさをひしひしと感じる。

「そこに置いてもらえれば大丈夫だよ。ありがとう、あとは座ってゆっくりしててね」

「わかった、ありがとう」

建物の中は、王都にあった大衆食堂のような造りで、長さのあるテーブルがいくつか並び、テーブルの両側に簡易的な椅子がざっくりと配置されていた。

奥には厨房《ちゅうぼう》があり、厨房の脇には二階へ続く階段が見える。どこを見回しても造りはシンプルで、実用性重視な感じに好感が持てる。

「ここね、前は冒険者さんとか商人さん相手の食堂兼宿屋だったんだけど、今では村のみんなのごはんをまとめて作る、共用の炊事スペースみたいになってるんだ」

厨房には今も、数人の村人がせわしなく行き来して、なにかしらの作業をしているようだった。運んできたかごや荷車の中身が、あっという間に片付けられ、仕分けられていくのをぼんやりと眺める。

漠然と、息の詰まる王都暮らしや身の危険を感じる冒険者暮らしより、のどかな村でほどよく暮らしたいなんて考えていたけど、そこには当然、暮らしていくための色々な準備や作業が必要だ。

黙って待っているだけでごはんやベッドが出てくる暮らしがよければ、王都とまではいかなくても、もう少し開けた町に戻った方がいい。

ぐっと拳に力が入る。この、地に足をつけて暮らしている感じを体験してみたい！

「いいね、テンション上がってきた！　ね、なにか手伝うことないかな？」

「ええ、ゆっくりしててよ。お客様なんだから」

「いやいや、みんながあれこれ頑張ってるのに、ジッとしてる方が居心地悪くてさ」

盛大にアピールした俺は、果物と木の実の仕分けを手伝うことになった。

村の皆さんと談笑しながら、収穫してきたものを片付けていく時間は、わくわくして充実したものだった。

よかった、魔獣と命のやり取りをしたり、屈強な体幹をふるって荷車を操ったり、そういうスキルがないとここでは暮らしていけないのかと思ったけど、やりようはありそうだ。

ひと通り終わってホッとしたところで、主張するようにぎゅるぎゅるとお腹が鳴る。

「お腹すいたでしょ？　もう少し待っててね、さっきの猪がそろそろできあがるから！」

ニナは猪の方を手伝ってきたらしい。厨房の奥から、じゅうじゅうと肉の焼ける音と、スパイシーで香ばしい匂いが漂ってきた。確か持って帰ってきてそのまま厨房に運ばれたはずだけど、スライムとのあれこれで血抜きも終わったような感じになっていたのかな。

香草と一緒に、シンプルに焼いているか、木の実やきのこと一緒に炒めているか、どちらにしてもすごくいい匂いだ。本当に毒が抜けているのかは不安が残るところではあるけど、それは後で確かめるしかないかな。

日が落ちかけてきて、村全体としても食事の時間らしい。

村にいる人がほとんど全員集まっているのでは？というくらいの大人数が、やってきては次々と席についたり、できあがった料理を運ぶ手伝いを始めたりしている。

「お前さんが例の、ニナを助けてくれたっていう旅人さんか？」

促されてニナと一緒に座った席にやってきたのは、ひときわ背が高く、筋骨隆々のナイスミドルのおじさんだ。腰に差した剣といい、佇《たたず》まいといい、ふつふつと強者の雰囲気を感じる。

「紹介するね。うちの村長やってるランド。こっちはノヴァだよ」

よろしくな、と差し出された手を握り返して、俺も簡単に名乗る。握力が非常にお強い。

「ニナが世話になったな。まあとりあえず、食ってくれ。こいつはあんたの獲物のようなもんだ、遠慮はいらない」

皿に切り分けられて運ばれてきた猪のステーキに視線を向けると、ランドは満足そうな顔をした。猪ステーキは、俺がいるテーブルに座るメンバー、つまりは猪を仕留めて、運んできたメンバーを中心に配られているみたいだ。さすがに村中に切り分けて配るには、足りないもんね。

「ええと、すみません。念のためなんですけど、毒が全部きちんと抜けてるのかどうかって、どうやって確かめてる感じです？　野生の魔獣を、安易に調理して食べるのはおすすめできない気がしますけど」

できあがった美味しそうな料理を前にして、ぶん投げる台詞じゃなかったかもしれない。しっかりと場の空気が凍りつくのを感じる。ごめんなさい。

スライムのおかげで、本当に毒抜きがされていたのかもしれないし、この辺りの村人は、多少の毒なら問題ないくらいの耐性があるのかもしれない。

でも俺は、そんなに強靭《きょうじん》な胃袋を持っているわけじゃない。むしろ胃腸はデリケートな方だ。サイラスたちとの旅の道中も、食べ慣れないものを口にするたび、トイレの個室と仲良くさせてもらっていた。実はちょっとだけ毒が残っていて、手違いで死んじゃいました、では困る。

猪にかぶさっていた服についた牙の毒は、ニナに分けてもらった毒消しでどうにかなった。でもそれは表面的なものだったからで、血に染み込んだ毒に対する効果は薄いだろう。

ここの厨房を見る限り、申し訳ないけど専門的な知識がある料理人がいるようにも見えない。ふらっとやってきた旅人の俺としては、場の空気がどれだけ冷えても、自分の身は自分で守るしかないのだ。だからお願い、皆さんそんな目で見ないで。食事の前に胃に穴が開いちゃう。

「はっはっは、用心深いな。それなら心配ないさ。うちにはニナがいるからな」

「どういうこと?」

「わたし、毒見のスキルを持ってるんだ」

なるほど。毒見は、所持人口としてもそんなに多くはない、便利なスキルだ。

有力な貴族だとかの中には、もしものことを警戒して、お抱えの毒見役を雇っているところが多い。

こういう森や山で暮らしていくにも、毒きのこを見分けたり、初めて見つけた食材が食べられるかどうかを判別できたりする。なんなら、俺も欲しいくらいの能力だ。

考えてみれば、最初に会った時点で、ニナは血の毒が消えていることに大喜びしていたっけ。あれは、あの場でスキルを使っていたってことか。

「毒見のスキルがあるから、食材とか素材を探す時のまとめ役をやらせてもらってるんだ。牙の毒が混ざらないように解体はわたしも手伝ったし、このお肉に毒が入ってないことは保証するよ」

そう言って、ニナは木製のナイフとフォークで猪ステーキをひと口大に切ると、ひょいと口に運んだ。切り口から滴る肉汁にごくりとつばを飲み込んで、俺もそれにならう。

「うわ、めちゃくちゃ美味しいっ……!」

あふれる肉汁は野生の魔獣とは思えない上品さで、なめらかで旨《うま》みの凝縮された脂が口の中いっぱいに広がっていく。香草と塩でつけられたシンプルな味付けが、肉の旨みをより引き立てている。肉はサクサクとほどよい噛《か》み応えで、するりと喉を通っていく。付け合わせの木の実を頬張れば、パンチの効いた酸味が、わずかに残った脂っぽさをさっぱりと洗い流してくれた。

「すごいね！　臭みも全然ないし、塩気も焼き加減も完璧！」

本当に美味しくて、身振り手振りを交えて大絶賛する俺に、ニナは満足そうに笑った。

「ふふふ、ニナさん特製の香草焼き、お口に合ったみたいでなによりだよ」

他の皆さんも、それぞれに口元をほころばせてステーキを食べている。

「ところで本当なのか？　煮ても焼いても食えなかったこいつの毒を、スライムで取っ払っちまったってのは」

「ええと、そういうつもりじゃなかったんですけど、結果的にそうなったというか」

「ニナに聞いた通り、本当に偶然ってわけか。とんでもない強運だな。うちでも、あの手この手で毒抜きは試してみてたんだがな」

ランドが、本当に信じられないという顔をして、ニナや他の皆さんに視線を配った。いくつかの首肯と感嘆の声が返ってくる。

強運といえば確かにそうだけど、俺のはただの運じゃない。

つまりはこれが『川に入れば、お腹がふくれて居場所が見つかる』結果なのだろう。ちょっと危ない目にはあったけど、目的の村にたどり着いて、美味しいごはんにもありつけた。今回もありがとう、桶屋クエスト。頼りにしてる。

「強運というかまあ、そうですね。運がよかったです」

ただし、それを説明はせずにへらりと笑ってやり過ごす。

俺のスキルは、説明してもわけがわからないというか、むしろ説明すればするほど通じなくなっていく場合が多い。それが原因で王都も追い出されているしね。早めに切り上げて、次の話題にしてしまおう。

「皆さん、いつもおひとりずつで食材の探索とかされてるんですか？」

投げかけた質問にニナは目をそらし、食材調達班の村人たちが苦笑いする。

「普段は必ず、ふたりか三人のチームを組んでるよ。今回もそうだったんだけど、ちょっと、レアものを見つけて……それを追いかけようとしたら、ね」

そう言ったニナに対して、ニナはレアものを見つけると目の色を変えちゃうから、といくらかの野次というか愚痴というか、心配の声があがる。

そういうタイプか……まとめ役のニナが、他のみんなを放り出して、目の色を変えて走り出すところを想像する。きっと村人の皆さんは、日頃から苦労しているんだろうな。

勇者パーティーでいえば、聖女のクレアがそのタイプだった。なにかを見つけて、『かわいい！』とスイッチが入ってしまえばもう手がつけられない。普段とはがらりと態度が変わり、他のことはほとんど二の次になってしまうのだ。

しかも大抵が、俺からすれば怖い部類に入る造形のものばかりなんだよ。

魔力をまとって追いかけてくる髑髏《どくろ》とか、首がふたつある蛇とか、よく一緒に追いかけさせられたり、追いかけられたりしたっけ。

最終的に、いつも手を汚すのは俺だったよね。懐かしくて、せっかく美味しいお肉で満たされたお腹が、なんだかちくちくしてきた。忘れよう。

「じゃあこの猪、レアものだったってこと？」

いやいや、と村の皆さんが揃って首を横に振る。

「残念ながら、これはそこらへんにいくらでもいるやつさ。ニナから聞いてるだろうが、牙にも血にも毒があるせいで、倒しにくい上に食えもしなくてな。どうにも扱いに困ってたんだ」

ランドが身振り手振りを交えて、その面倒くささを解説してくれた。

「そ、わたしのナイフとは相性が悪すぎて、逃げるしかなかったんだよね。村からはどんどん離れちゃうしレアものは見失うし、どうしようって思ってたところで、ノヴァに会ったわけ」

「ついでに言うと、お前さんにひっついてきてたスライムどもも、厄介なやつらでな。毒はないがあの見つけにくさと群れっぷりだろ？　一部の川はほとんど占領されちまって、水汲《く》みにもひと苦労ってところさ。厄介なやつらをぶつけ合って、食い物の確保までできるとなりゃ、お前さんにはどれだけ感謝してもしきれないよ」

「うんうん。やり方は工夫が必要かもしれないけど、これからはあの猪も食料として狩っていけそうだからね。だいぶ助かっちゃいそう」

そうだそうだ、本当にありがとうと全方位からお礼を言われて、なんだか恥ずかしくなってきた。

「偶然とはいえ、お役に立てたならよかったです」

せっかくいい雰囲気になってきたし、ついでに切り出してしまおう。

スキルを信じてここを拠点にするとなれば、なにかしら食い扶持を稼ぐ手段が必要だ。

よそ者お断りの雰囲気は今のところ感じられないけど、ここに住んでみたいと切り出せばどうなるかはわからない。うん、そういう話は早い方がいいよね。

「しばらく、この辺りにいられたらって思ってるんですけど、なにか仕事とかありますか？毒見はできないけど、食材の解体とかちょっとした料理、雑用全般ならいけるし、そんなに強い相手じゃなければ、魔獣の討伐とか狩りもお手伝いできると思います」

決心したにしてはマイルドな、とりあえずしばらく滞在したい程度の切り出し方になってしまった。ここに決めた、というほどには俺自身も覚悟ができていないので、お互いにお試し期間で考えてもらえないかな。

へらりと笑って村長のランドに視線をやると、ランドの目の光がぎらりと強くなっていた。

「いいのか？　お前さんはうちのちょっとした英雄だ。通りすがりかと思ってたんだが、しばらくいてくれるとなりゃ、活気が出て助かるな」

鼻息を荒くするランドを見て、横からニナがにやりと笑って口を開いた。

「ノヴァ、逃げたくなったらわたしに相談してね。ランドは気に入るとしつこいし、無茶ぶりするから」

「おいおい、そりゃないだろ！」

いくつかの野次が飛び、笑い声に包まれる。なんだか本当に、人が温かいというか、いい雰囲気で嬉しくなった。

「無茶ぶりされたら相談するよ。それじゃあひとまず、しばらくの間よろしくお願いします！」

笑みを浮かべ、俺は頭を下げた。

ラルオ村のあるジルゴ大森林は、もともと実り豊かな森だ。

厄介なのは毒猪とスライム、それから食べ物を横取りしてくる猿の魔物、成長すると人にも手を出してくることのある食虫植物くらいだと、ランドから説明を受ける。

村の中心部を囲う木の柵と、昼間でも焚《た》かれている不思議な匂いのするかがり火は、主に猪除けに効果を発揮しているらしい。

今のところは、村の中心部への侵入はほとんど防げているけど、それも完全ではないから注意するように、とのことだ。

まあそうだよね。王都くらいがっしりした塀があって、東西南北の門で兵士が出入りをチェックしているようなところならともかく、小さな村で完全に魔物や魔獣の侵入を防ぐのは至難の業だ。

サイラスたちと旅をしていた頃に、柵も塀もなしで、隠ぺいと魔物除けの高度な魔術で侵入を防いでいる集落なんかもあるにはあったけど、あれはめちゃくちゃ特殊な例だもんね。

「お前さんには、基本的に食材や素材の調達を手伝ってもらうかな。せっかく外の世界を旅してきた経験があるんだ。ついでに運もあるとなりゃ、猪とスライムみたいな幸運を呼び込んでくれるかもしれないしな」

「あれはそう何度もあることじゃないと思うし、お手やわらかに……！」

猪魔獣の数は多いものの、森林を抜けてしばらく行った先にある大きな都市で、ギルドに討伐を頼むほどではないのが難しいところだ。

難しいというか、費用対効果が低すぎて、二の足を踏んでいる状態なんだって。

都市から冒険者なり都市付きの兵士なりを派遣して、森林に踏み込んで、討伐をやって……となると、出張費用とか滞在中のあれこれとか、通常と比べてかさむものが多すぎる。

それなら、ある程度戦える村人を中心に、本当に危ない時だけ対処して、あとは共存するのがちょうどいいのだそうだ。

魔獣と隣合わせの暮らしの中でも、これだけ快活に笑って過ごせる村の皆さんの気質は、俺からすれば感動すら覚えるほどで、話を聞いただけで元気をもらえた。

猪魔獣や他の食材を運んだ時にしても、食事の前に作業を手伝った時にしても、穏やかで物腰がやわらかく、自然体で接してくれる。とにかく気持ちのいい人たちだし、波長というか相性というか、村の雰囲気も俺に合っている気がする。

「できる限りのことは頑張るし、猪魔獣も、普段なら勝てる相手だと思うから、討伐も頑張るよ！」

「普段ならね。ふふ、出会った時はほとんど裸だったもんね」

「そうそう、パンツ一丁じゃなければ勝てる相手……ってニナさん、それ早めに忘れてもらえる!?」

「ごめん、村のみんなにひと通り話しちゃった」

ぺろりと舌を出すニナに、村のみんながけらけらと笑う。

パンツ一丁で飛び出してきて、幸運を運んできたちょっとした英雄……なんだろう、これからのふるまい次第で、どっちにも傾いていきそう。気を引きしめていこうね。

「まあとりあえずは、こんなところだな。明日からはみっちり働いてもらうとして、今日はしっかり食ってくれ。猪は今出てる分で品切れだが、食うものはまだまだあるからな！」

仕切り直しと言わんばかりに、ランドがにやりと笑って明るい声を出す。

力をつけて、明日からまたやってやろうぜ、と村人の皆さんも笑顔を見せた。俺もにっと歯を見せて、残りの猪にフォークを伸ばす。

「悪い、もうひとつあった。しばらく滞在するとなると、一応、ここの二階が宿代わりになってるんだが、どうする？」

「あ……そうだった、そのことについて、ご相談がありまして」

「おいおい、なんだよ改まって。とんでもない代金を請求したりはしないさ」

　俺がしたいのは、まさしくその話だ。

　とんでもない額でなくとも、残念ながら俺は、お金をまったく持っていない。とりあえず屋根のあるところに置いてもらえれば御の字。ダメなら、皆さんの迷惑にならない野宿スポットを教えてもらわないといけない。

　ついでに、スライムに占領されていなくて、服を洗ったり水浴びしたりできる川も教えてもらえると助かる。熟練の冒険者らしくふるまうには残念な相談ばかりで、へらりとした笑みがこぼれてしまう。

「実はまったくお金を持ってなくて、どこか野宿していい場所とか、スライムがいなくて身体を洗える川とか、教えてもらえないかなって」

　ランドたちは、一瞬きょとんとしてから、盛大に笑い出した。

「はっはっは！　お前さんの旅もわけアリってことか？　いいさいいさ、そういうことなら代金はいらない。ここに旅人なり冒険者なりが来ること自体が久しぶりなんだ。上の部屋はいくらでも余ってる、好きな部屋を使ってもらって構わない」

「洗濯は井戸があるから、そこでできるよ。身体を洗うのも同じで、井戸から水を汲むか、スライムが少ない川も案内できるから」

ランドとニナが順番に教えてくれる。

「……スライムがまったくいない川っていうのはないんだ？」

「うん、残念ながら。川はスライム以外にも魔物や魔獣と鉢合わせすることが多いから、行くにしても水を汲んできて使う方が安全かも」

「それなら井戸を使わせてもらおうかな。吸血スライムは、しばらくいいや……昼間のあれ、夢に出てきそう」

「それじゃあ井戸には後で案内するね」

ニナがくすくすと笑う。透明だからと警戒を解いて、飛び込んだ俺が悪いと言えば悪いけど、あれはなかなかきついものがあった。おとなしく井戸から水を汲もう。それがいい。

井戸には、スライムはいないんだよね？　水汲みのつもりがスライムを汲んでたら、今度こそ泣いちゃいそう。

「追加追加で悪いが、金の話をもう少ししといていいか？　申し訳ないがうちも懐が厳しくてな。仕事をやってもらった分の報酬は、出せても現物支給……とってきた素材の一部を分けたり、飯を出せたり、それくらいだ。金を稼ぎたいなら、それこそよそへ行った方がいいと思うが、大丈夫か？」

「ああ、それは大丈夫です。部屋を使わせてもらえるだけで、すごく助かります！」

ついでにお金も稼げたら、なんて少しだけ考えていたのは内緒にしておこう。

村で過ごす分には、さしあたってお金は必要なさそうだし、もし出ていくことになったら、その時にまた考えればいい。日本から転移してきて苦節うん年。とりあえず雨風を凌げてお金は後から考えればいいやなんて、俺もなにげにたくましくなったね。

「それからもうひとつ……これで最後だからよ」

「なんでしょう？」

ランドが再び険しい顔をするので、俺も頭を転移前の世界から引き戻して、真面目な顔で答える。

「その、ですだのますだのって堅苦しいのはなしにしてくれ。今日だけふらっとやってきた旅人ならまあよかったが、しばらく一緒にやっていこうって仲間になるなら面倒だ」

「わかったよ。ありがとう、ランド」

とりあえずの宿と居場所を見つけた俺は、村の皆さんとの食事をわいわい楽しんでから、適当な部屋に荷物を運び込んで、横になった。

宿屋として機能していた頃の名残というか、ちょうどサイズに合う服がいくつかあったので、それもお借りすることにした。着ていた服は明日洗ってみるにしても、もうぼろぼろだから助かっちゃったな。

ごろりとベッドに横になって、スキルウインドウを開いてみる。

お腹がふくれるツリーと、理想の暮らしツリーの中にある村を目指す桶屋クエストが達成済みになっているけど、新しい桶屋クエストは出ていない。

理想の暮らしが始まる方は、明日からどう過ごすかによって、続きが出そうな感じだね。

これまでの傾向からしても、目的となる物事に対して、考える時間や触れる機会が多いほど、スキルが発動しやすい気がするし。狙って発動させたりはできないからなんとも言えないところだけど、それこそできることをやってみるとしますか。

◇◇◇

「まさか、こんなことになろうとはな……勇者殿、本当にすまなかった」

目の前で深々と頭を下げ、謝罪の言葉を述べているのは、誰あろう、国王陛下だ。

真正面にいる僕はもちろん、隣に並ぶクレア、ディディ、バスクの三人も、驚きと心配をかき混ぜたようなあいまいな表情で、所在なげにしている。

「陛下、どうかお顔を上げてください」

むう、と苦しそうな声をあげて、陛下が顔を上げる。

「勇者殿の言う通りだった……真に国とわしの身を案じてくれた英雄のひとりを、わしは罵倒して追放してしまったのだ。どうにかもう一度会って、正式に謝罪をしなくては」

ノヴァが王城を去った後、祝賀パーティーは大混乱に陥った。

陛下と入れ違いに賊が飛び込んできて、大広間で暴れたのだ。

僕たちは仮にも勇者の称号を賜った冒険者だ。たったひとりの賊相手に後れを取りはしなかったけれど、タイミングが悪かった。

陛下が退席された後だったとはいえ、その場に残っていたのは戦う力を持たない人の方が多かった。

守りに徹する僕たちに対して、押し切れないと判断した賊は北側の窓から逃走を試み、直後に北門の近くで騎士たちに捕まった。

大混乱のあの日から数日が経《た》った今日、ことの顛末《てんまつ》を聞くために、僕たちは王城にはせ参じたわけだけれど、謁見の間に通されるや否や、陛下に頭を下げられてしまった。

「あの場には、不届きにも、わしの暗殺を企む一派が紛れ込んでおったようでな」

「なんと」

「これからやってくるであろう平和の、希望の象徴である勇者殿へ勲章を授与したあの場でわしを暗殺すること、それが不届き者どもの目的だったのだ」

そういうことか。

世界は、みんなの頑張りによって、平和に向けて少しずつ動き始めている。

平和になり、安定した政治と暮らしが始まれば、どうしたって権力は動きにくくなる。

僕も、中流とはいえもとは貴族の生まれだ。国の政治に関して、どんな手を使ってでも、発言権を強くしたい貴族がとても多いのは知っている。

特に過激な一派が、短絡的な思考と焦りにかられて陛下の暗殺を企むことは、ありえる話だ。

「賊にはすでに口を割らせ、不届き者の一派も捕らえておる。どうやら、ノヴァ殿のおかげできゃつらの計画が大幅に狂ったようなのだ」

もともと、過激派一派は陛下を孤立させる策を考えていた。策がなったあかつきには、ぼやに見せかけた煙を暗殺者への合図として、それを受けた暗殺者が、陛下が孤立しているはずのその場へ突入して事をなす。そんな手筈《てはず》だった。

ところが、ノヴァが勲章を投げ捨てたり、陛下に酒樽をかぶせたりと騒いだせいで、策を弄する機会をなくしてしまった。

仕方なく過激派一派は、機を改めてあの日は穏便にやり過ごすつもりだったらしい。

実際のところ、陛下は大勢の護衛とともに退席し、あの場には僕たちが残っていた。

過激派一派にしてみれば、目的である陛下がおらず、最も退けておかなければいけない僕たちが残ったままの、最悪の状況だった。

それなのに、暗殺者が飛び込んできたのはどうしてか。

答えは簡単、ノヴァが骨付き肉を使って国旗を燃やしたあれが、合図代わりになってしまったからだ。

策が成功したと踏んだ暗殺者は、大広間をそっと覗き込んでほくそ笑んだはずだ。

遠目からは、あの場に残っていたのはごく少数の手勢と、陛下のみに見えただろうから。

まさかそこにいるのが、はちみつ酒漬けのマントの処分を命じられた大臣と、僕たちだとは夢にも思わなかったのだろう。

ついでに、一度は飛び込んだ暗殺者が逃走を図った後で、すぐに捕まったことに関しても、ノヴァが一役買っていた。

祝賀パーティーをやっていた大広間の北側、大窓から颯爽《さっそう》と飛び降り、壁を蹴って目にも止まらぬ速さで脱出を試みた暗殺者は、お粗末にも、ノヴァが投げ捨てた勲章の上に着地して、足首をぐきりとやって動けなくなってしまったのだ。

みんなを守ることを優先して、すぐに追いかける判断ができなかった僕たちだけれど、賊の仲間が追撃をかけてこないようにと、威圧を発したのがよかったらしい。

僕たちのプレッシャーに気圧《けお》された暗殺者は、窓から飛び出しながらも、上ばかりに意識が持っていかれていた。

そのせいで、普段なら絶対にやらないようなミスをおかしてしまったというわけだ。

結果的に、逃げそびれた暗殺者は北門の近くで捕まり、それからはもう、城をあげての大騒動だった。

「なんでもしゃべってくれちゃう、素直な暗殺者さんでよかったよね」

くすくすと意地悪な笑みを浮かべるクレアを見て、僕は察した。

「クレア……きみがこの数日間、用事があると言っていたのはそういうわけか。感心しないな」

クレアのいけない魔法によって、恍惚《こうこつ》とした表情で、もろもろの悪事をそれはもうもろもろと証言する暗殺者の姿を思い浮かべる。人道的に、倫理的に、やってはいけないあれやこれやがふんだんに行使されたに違いない。

このことを相談されていれば、僕は必ず反対した。だからこそ、クレアだけが呼ばれたのだ。

「陛下、クレアの力を悪用されては困ります！」

「そ、そこまで人の道から外れたことはしておらぬ……よな？」

「ええ陛下、もちろんですわ」

おそらく現場にはいなかったであろう陛下が自信なさげに聞き、クレアがきらきらとした聖女の笑みでよどみなく答える。なんだか、頭痛がしてきた。

「はあ……どうか不届き者たちの処罰には、然《しか》るべき手続きを踏まれますよう、切にお願い申し上げます」

このままでは、秘密裏に処刑したなどと言い出しかねない。

陛下は素晴らしい方ではあるけれど、ノヴァの一件といい、たまに考えが過激で困る。ノヴァのことは反省してくれているようだけれど……。

「まあ、何事もなくてよかったんじゃないかな」

「ああ、そうだな」

ディディがしみじみと言うものだから、僕もつい口元がゆるむ。

陛下の暗殺なんて大事件が起こっていたら、これからようやく国内のことに目を向けていけるというタイミングで、大混乱に陥るところだった。

もちろん、しばらくの間は、国をひっくり返しての過激派一派の裁判や後片付けがあるだろうけれど、陛下の暗殺に比べれば、随分マシだ。

自身の栄誉を投げ捨ててそれを止めてみせた上、なにも言わずに去っていくなんて。ノヴァ、きみはカッコよすぎるじゃないか。

ふと、魔の樹海の主を討伐した時のことを思い出す。パーティーのメンバーが五人になって最初の、難易度の高い討伐依頼だ。

ノヴァはどうしても樹海で虫捕りをすると言って聞かず、みんなが緊張した面持ちで討伐の準備を進める横で、虫が寄ってくる蜜の瓶だの、虫捕り用の網だの、至近距離で使うことで虫を硬直させられるとかいう怪しげな魔法道具だのを買ってきては、まるでちぐはぐな行動を繰り返した。

五人が揃う前から一緒に旅をしてきた僕や、おもしろがって笑っていたディディはまだしも、クレアとバスクの不信感たるや、それこそ今回の陛下に勝るとも劣らないものだった。

それでも、結果的に討伐がうまくいったのは、ノヴァのおかげと言っても過言ではない。

数々のピンチに見舞われて、ノヴァ以外の誰も大きな怪我をしなかったのは、ノヴァが準備した虫捕りグッズがどう考えてもおかしな動きをしてくれたからに他ならないし、ノヴァが捕まえようとしていた虫が、樹海の主の本能を刺激してその意識をそらしてくれていなかったら、とどめを刺せたかどうかも微妙なところだった。

当のノヴァだけは、樹海の主が放った麻痺《まひ》毒を受けて途中でリタイアしてしまったけれど、それにしたって、クレアの身代わりになる形で受けたものだ。

偶然では片付けきれない数々の奇跡と、身を挺《てい》して仲間の身代わりに毒を受けた行動に僕たちの誰もが驚いたし、ノヴァを見直し、敬意を払うきっかけになった。

ノヴァが受けた毒が思いのほか強力で、討伐後も大変ではあったけれど、今ではいい思い出話になっている。

後から本人に聞いたところによれば、虫捕りを成功させることでパーティー全体の戦力を底上げし、樹海の主討伐の助けにもなるような桶屋クエストが出ていたらしい。達成の条件として、事が終わるまでは誰にも内容を明かしてはならない旨の制約もあったらしく、虫捕りグッズを買い集めながら、内心は不安でいっぱいだったのだと、本当にホッとした様子で話してくれた。

ただし、途中の桶屋クエストをいくつか失敗してしまい、そのせいでクレアが毒を受けることがわかり、咄嗟《とっさ》に身体が動いたのだとか。樹海の主が操るいくつもの毒については事前に情報を得ていたし、その犠牲になって命を落とした者だっている。死ぬかもしれないとわかっている毒を咄嗟に受けるなんて、誰にでもできることではない。

クレアが、聖女の笑みを崩した等身大の素顔でノヴァをからかうようになったのも、バスクがごくたまに笑みを見せるようになったのも、あの頃からだ。

誰かのためになると思ったら、その場でうまく説明できなくても信念をもって行動する。みんなは僕を勇者だと言ってくれるけれど、僕にとっての勇者は、間違いなくノヴァなのだ。

「勇者殿をお呼びしたのは、顛末を説明したかったこともあるが、ノヴァ殿のことだ。勇者殿であれば、ノヴァ殿の行方もご存じなのではないか？　正式に謝罪し、勲章の授与をやりなおしたいのだ。当然、王都追放の処遇も正式に取り消してある」

ノヴァの疑いが晴れた。こんなに嬉しいことはない。

ただ、残念ながら僕にも、ノヴァがどこに行ったのかはわからなかった。

「ご英断です、陛下。しかし、申し訳ありません。ノヴァの行方は、僕もまだ掴めていないのです」

「落ち着いたら手紙くらいは出しなさいよって言ってあるから、もう少し待っていれば連絡してくれそうですけどね」

「むう……ただ待っているだけというのは、なんとも落ち着かんな」

クレアが進言しても、陛下は渋い表情のままだ。

「……待ちながら、捜せばいい」

「そうだね！　バスクっち、いいこと言う！」

バスクがぽつりと言い、ディディもそれに賛成してぴょんぴょんと飛び跳ねる。

「そうしよう！　陛下、ノヴァ探索の許可をいただけますか？　まだここを離れて数日、そう遠くまでは行っていないはずですし、僕たちも王都を何日も空けたりはしませんので」

「うむ、もちろん許可しよう」

そうと決まれば、さっそくノヴァを、僕たちの大切な仲間を捜しに行こう。

「よし、行こうみんな！」

僕たちは、王城を訪れた時の複雑な気持ちとは正反対の、晴れ晴れとした誇らしい気持ちで、謁見の間を後にした。

第三章　雨が降れば、ものすごーくレアなものが見つかる

歓迎ついでの宴から数週間、俺はすっかり村に馴染《なじ》んでいた。

村での暮らしは想像よりはるかに快適で、日々の食材や素材調達は大変ではあるけど、やりがいもある。勇者パーティーにいた頃より、俺自身でなんとかしなくてはいけないことが増えたからなのか、桶屋スキルの発動頻度も上がって、なんだかいい訓練にもなっていた。

ついでに、水浴びメインだった村の暮らしに、お風呂文化を啓蒙する活動も、かなり定着してきている。

なにしろ炎魔法があるからね。イメージは天然素材のドラム缶風呂みたいな感じで、二日に一度はあったかいお風呂に入れるような習慣が整いつつある。あったかいお風呂、最高。

「ノヴァ、おはよう。朝ごはんできてるよ」

「おはよう、ありがとう」

とりあえずの宿として借りた部屋から、いつものように一階の食堂に下りていくと、厨房からニナが声をかけてくれた。

お礼を言って、空いている席を探す。

食堂での朝ごはんは、厨房と各席を挟んだカウンターに大皿で料理が並べられて、セルフ

サービスで適当な量を取っていくスタイルだ。簡易的なビュッフェ形式ってやつだね。

取りすぎないように気を付けて、パンと干し肉、スープをよそって席に座り、手を合わせて食べ始める。

スープには大抵、きのこや木の実などが入っている。味付けはあっさりしているものがほとんどだけど、干し肉の塩気が強いのでちょうどいい。

今日のスープは、木の実がスパイス代わりになっていて、クセになる辛味のおかげでスプーンを動かす手が止まらない。パンにも木の実が練り込んであるようで、ぷちぷちとした食感が楽しい。

「ノヴァは美味しそうに食べてくれるから、作り甲斐があっていいね」

厨房での準備がひと区切りついたのか、ニナが向かいに座った。

「いやいや、美味しそうっていうか、本当に美味しいからだよ」

食事を作るのは、何人かで当番制だ。

各々の家で食べる人ももちろん多いけど、食材調達とか、村の外で作業している人たちの分は、朝昼兼用でまとめて作っておくのだ。片付けは、食べた人がそれぞれやってから出かけていくのが暗黙の了解になっている。

「あ、それ、いい感じにサイズ合ってるね。しばらく着る人いなかったし、もらっちゃっていいんじゃない?」

宿屋で緊急時に貸し出すためにストックしてあった服を、とりあえず着させてもらってからというもの、なんとなくその流れで何着かを着回しさせてもらう形になってしまった。下着だけは、先に買い込んでおいてよかったね。

「さすがに、そのままもらっちゃうのはちょっと……どれかの作業の報酬としてもらえないか、ランドに聞いてみるよ。そういえば、服とかはどこで買ってるの？　村にはそういうお店はなさそうだったよね」

「毒猪の討伐依頼を出すのも微妙で……っていう話、前にしたでしょ？　森を抜けてちょっと行ったところに少し大きな町があって、依頼するならギルドにってやつ。そこで買うか、布を買ってきて作ったりしてるよ。この辺りでとれる薬草とか、素材を売りにいくついでに何人かで行ってくるんだ。正直、お金はぎりっぎりのやりくりなんだけどね」

べっと舌を出してみせてから、ニナは手元のパンをちぎった。

ぎりぎりと言いながら、あまり気にしていなさそうなのは、この環境のおかげなのかもしれない。食材も素材も自給自足できてしまうので、それこそ服とか日用品なんかを調達するくらいしか、お金を使うタイミングがないのだ。

俺もへらりと笑みを返して、お互いにしばらくの間、スプーンと手を動かす。

朝の光がうっすらと差し込む食堂で、それぞれのペースで、協力し合うところは協力しながら楽しむ朝ごはんは、すごく美味しい。

ゆくゆくは自分の家を持てたら最高だけど、この形もできれば続けていきたいな。

勇者パーティーで、よく野宿をしていたはじめの頃を思い出す。誰とはなしにその日の担当を決めて、わいわいしながら過ごしたっけ。

サイラスの名前が有名になってきてからは、宿に泊まることが増えたけど、あの時間は、俺が理想の暮らしを思い描くきっかけになったと思う。

「今日も美味しかった、ご馳走さま！」

「それじゃあさっそくだけど、今日はわたしと一緒だからよろしくね」

「よろしく！　今日も南の森？」

「今日は少し東まで回ってみようかなって思ってるんだ。今年は東と南で色々とってきていいことになってるんだけど、ちょっと、南に偏ってる気がするからね」

村では、年単位で収穫や狩りをしていい範囲を決めているらしい。資源が枯れないようにするための、生活の知恵ということだね。

「そうなんだ……東の方ではなにがとれるの？」

「南と同じで色々だけど、運がよければ美味しい魚もとれるかな。ちょっと大きな滝があってね、そこならスライムも少ないはずだから、気を付ければ水浴びしても大丈夫だと思う」

どうしても、スライムが絶対いないとは言ってくれないのね。半笑いで「そっか」と返して、すっかり空になった皿を、木製のトレーにのせて立ち上がった。

食器を洗って片付けた後、いったん二階に戻って剣やら回復薬やらを準備して、食堂の外に出る。ニナも同じタイミングで準備を整えたようで、ちょうど戻ってきたところだった。

「あれ、今日は荷車も持っていくの？」

「今度詳しく話すけど、もう少ししたら、ちょっと大きなお祭りがあってね。そのための備蓄もそろそろ始めておきたいんだ。今日はこれをいっぱいにするまで帰れないよ！」

「お祭りか、楽しそうだね！　わかった、頑張るよ」

改めて荷車を見ると、小ぶりとはいえそれなりの大きさがある。形は日本にもあったリヤカーみたいな感じだ。素材はやっぱり木製だけど、ところどころによくわからないパーツが使われている。

おそらくこれは、魔物を加工しているやつだね。魔物素材は土地によって様々で、異世界生活に慣れてきたつもりの俺でも、よくわからないものがまだまだあっておもしろい。

ぐっと荷車を引くための持ち手を掴んで、引っ張ってみた。見た目よりは軽そうで少しホッとしたけど、これに食材やら素材やらをわんさかのせて戻ってくるのは、なかなかの力仕事になりそうだ。

「今日もノヴァの超ラッキーに期待していい？　っていうか、今日こそ負けないからね。ノヴァのレアもの発見率は、おかしいしいしずるいんだから」

「お手やわらかにお願いします」

半分以上、本気の視線を投げて寄越すニナにたじたじになりながら、俺は荷車を引く手に力を込めた。

「どうして！　こんなの……こんなの、おかしいよ！」

静かな森に、ニナの悲鳴にも似た叫び声が響く。

俺は危うく手にした果物を取り落としそうになって、慌ててニナに駆け寄る。

「どうしていつもノヴァばっかり、レアものをそんなに簡単に見つけてこられるわけ⁉　こっちは毒見と経験を駆使して、すっごく頑張ってこれだけなのに！」

「なんだ、そういう……いやあ、やっぱり俺って運がいいみたいで」

「なんだじゃないよ、運がいいにもほどがあるでしょ！　しかも、大して苦労してなさそうなのがずるい！　ちょうちょを追いかけてふらっとどこかに行っちゃったかと思ったら、レアなきのこを抱えて帰ってくるし、いきなり逆立ち始めたと思ったら、すべって転んでぐるぐるってして、いつの間にか滅多にないレア果物がちょうどすっぽり服の中に入ってたり……なんかこう、不自然じゃない⁉」

この数週間はスキルの調子がすこぶるいいと思っていたけど、特に今日は、どうやら少しやりすぎたみたいだ。

荷車を引いて森に入ってからというもの、桶屋クエストがひっきりなしにチリンチリンと鳴るものだから、調子に乗って順番にこなしていたら、ニナにものすごく不審がられてしまった。

説明しても信じるか信じないかはあなた次第な感じだけど、正直に話してしまおうか。

「実は俺、そういうスキルを持ってるんだよ。関係ないようなことから、望んだ結果に繋がるっていうか。絶対にうまくいくわけじゃないんだけど、クエストみたいな感じで、成功する確率を上げたりできる場合もあるんだ」

「クエストがスキルになるって、よくわからないけど、それこそ猪討伐の依頼みたいな感じ？」

「うん、それに近いかも。報酬は、その時望んだことに対して、ざっくりなにか返ってくるといいな、くらいしか選べないけどね」

俺の話を整理しようとしてくれているのか、ニナは首を傾げて考え込んでしまった。

「今まで、よくわかんない感じでレアものを見つけてたのも、スキルのおかげ？」

「ほとんどはそうだね」

「ふうん……じゃあさ、今日はものすごくレアななにかを見つけてみてよ！」

要はすごく運がよくなるかもしれないスキルってことだね、という感じのいつもの反応を予想していた俺に、ニナは斜め上のことを言い出した。

「レアななにかって、たとえば？　ざっくりしすぎてて、スキル自体が発動できなさそうなんだけど!?」

「食材、素材、魔物、なんでもいいよ。とにかく、わたしも村のみんなも、ノヴァ自身もびっくりしちゃうようなすごいのを見つけて！　そしたら、なんとなくノヴァのスキルが理解できそう！」

いやいや、ニナさん、完全に楽しんでますよね。

ニナがレアもの大好き、レアのためなら独断専行も辞さない構えであることは、初日の時点で聞いている。ある意味、そのおかげでニナや村の皆さんに出会えたとも言えるけど、それとこれとは話が別だ。というか、レアな魔物なんて引き当てたら、扱いに困っちゃうよ。

「とりあえずやってみるけど、あんまり期待しないでね」

「ダメ、期待させて！」

「お、おお……」

びしっと人差し指を立てたニナが、俺の張った予防線を即座に突き崩す。

「自分で期待してないのに、レアものが見つかるわけないでしょ？　だから、思いっ切り期待して、なんなら俺自身を驚かせてみろ、くらいの気持ちでやってみて！」

満面の笑みで、ぐっと顔を近付けられる。

「そっか、そうだよね！」

自分がちゃんと期待していなかったら、俺自身の内側から発動しているはずのスキルに、本当に望むものが伝わるわけがない。

小難しい言い訳をするなんて、自分のスキルに失礼だ。ニナの言う通り、俺自身を驚かせてみろ、くらいの気持ちでやってみよう。

「なにかものすごーくレアなやつが、山ほど見つかりますように！」

別に叫ばなくてもいいのだけど、なんとなくニナと気合を共有したくて、俺は大声で叫んだ。

そして、満面の笑みを浮かべたままのニナに向き直って、にっと笑ってみせる。

——チリンチリン！

スキルに正面から向き合ったおかげなのか、それとも今日は大盤ぶるまいの日なのか、桶屋クエストの鈴が鳴った。

あれ、でも今、二回続けて鳴らなかった？

まあいいか、とりあえず確認してみよう。

『雨が降れば、ものすごーくレアなものが見つかる』
「雨が降り出したら、とにかく全力で駆け出そう
「走り疲れたら、滝をくぐって気持ちをリフレッシュしよう

「いやあ、どうなんだろこれ」

表示されたツリーのお題目は、『雨が降れば、ものすごーくレアなものが見つかる』だった。

ツリーにぶら下がった桶屋クエストを眺めて、俺はついさっきまでの満面の笑みを、半笑いの苦笑いに取り替えた。

「ちょっと色々ありそうなんだけど、とりあえず俺を信じて言う通りにするって約束してくれる？」

「え、怖い。そんなに大変そうなの？」

「大変は大変なのかな……まあうん」

「いいよ、ノヴァを信じる！　あの猪のこともあるし、期待して信じてみなくちゃって、言い出したのはわたしだもんね」

よし、言質は取った。もしニナがついてこられなくなっても、俺だけでもできるだけやり抜いてみよう。

「じゃあこれ、受けるね。準備はいい？」

「うん。っていってもどんな準備をしておけばいいの？」

「とりあえず、ずぶ濡れで走る準備かな。今回のは『雨が降れば』から始まるから、受けた後ある程度で、雨が降り出すはずなんだよね」

ニナに薄笑いを投げてから、俺は『雨が降れば、ものすごーくレアなものが見つかる』をスキルウインドウ上でタップした。

「え、なにこれ！」

その瞬間、ごうごうと強い風が吹いてきて、あっという間に雨雲が俺たちの頭上に運ばれてきた。待ってましたと言わんばかりに降り出した雨は、雨が降れば、などというお優しいものではない。ざんざん降りのスコールが強風に煽《あお》られて、横殴りにばしばしと頬を打ってくる。

「あはははは、予想よりすごい雨になっちゃった」

「天気を変えちゃうとか、そんなのあり!? っていうか待って、荷物！」

ニナが大慌てで駆け出す先で、雨と風でずるりと滑ったらしく、ちょうどいい坂道に乗り込んだ荷車が、加速を始めたところだった。

レアなものが見つかるどころじゃない。これまで小さな桶屋クエストやニナの努力で集めてきた食材や素材が、まとめて滑っていってしまう。

「追いかけなきゃ！」

車輪の下にレールでもついているかのように、まったく止まる気配を見せずに、猛スピードで森の中を滑走していく荷車を追いかけて、俺たちは走った。

「なんで止まらないの!? あんな都合よく転がっていくわけないのに！」

ここは、舗装もなにもされていない深い森の中だ。食材調達の関係や獣道だとかで、多少ならされている場所はあるにせよ、荷車が自走を続けるには無理がある。

それなのに、荷車は止まらないどころか、時に風に煽られてジャンプし、時に雨で濡れた道で滑って進路を変え、ジェットコースターさながら、俺たちを翻弄するように走り続ける。

あの様子だときりもみ回転してひっくり返っても、無傷で着地したりするんじゃないかな。

このアトラクションは、森の中を猛スピードで滑走し、ぐるりと一回転いたします、お乗りの際はご注意くださいってね。

「ニナ、滝がある！」

「荷物が川に落ちちゃう！」

「それは大丈夫だと思うから、ストップ！」

「ええぇ⁉　なんで！」

「見て、飛ぶよ！」

ぽーん。俺が言った通り、荷車は木の根をジャンプ台のようにして、狭くはない川を飛び越えて、森の向こうに消えていく。

「ノヴァ……どうしよう、荷物が」

顔をひくつかせて、ぼうぜんとするニナの肩に、俺はそっと手を置く。

「そうだね。今はひとまず、滝をくぐろう」

「はああ⁉　なに言ってるの⁉　どういうこと⁉」

わかるよ。よくわかる。わけがわからないよね。実は俺もわからないんだ。

でもね、これがこのツリーの、次の桶屋クエストなんだよ。

「スキルのお導きのままにってね。これをしないと荷車も、その先のレアものも、なにも手に入らないって言ったらどうする？」

「嘘でしょ？」

「今回は、俺を信じてついてきてくれるって、言ってくれたよね？」

「言ったけど……ねえ？」

「さあ、行こうか。楽しい滝行のお時間だよ」

俺たちは、横殴りの雨風の中、勢いを増してごうごうと落ちてくる滝に向かって、光の消えたまなざしでふらふらと近付いていった。


息が苦しい。どれだけもがいても、ここから抜け出せないような感覚に陥る。

それでも、腕を動かし、足を動かし、少しずつ、全身を前へ送り出していく。

「抜け……たあっ！」

ずぶ濡れのびっしゃびしゃで滝を抜けると、ひいひい言いながらどうにか向こう岸に渡り、ごろりと仰向けになって肩で息をする。

俺のすぐ隣に、同じ様子でぜえはあと息をしたニナも転がった。

「雨、やんでるね」

まだまだ風は強いけど、まるで俺たちが滝を渡りきるのを待っていたかのように雨がやみ、雲の間から明るい光が差し込み始めていた。

「それで？　次はどうすればいいの？」

「とりあえず、息を整えたら荷車を捜そう。多分だけど、すぐ見つかるはずだから」

「わけわかんないけど、わかった。荷車を無事に見つけたら、帰ってあったかいお風呂に入りたい！」

ばっと起き上がって、ニナが両腕を真上に上げて叫ぶ。

わかるよ、すごくわかる。そう言おうとした俺の口からこぼれ落ちたのは、「あ」という咄嗟のひと言だけだった。

「どうしたの？　って、ええっ⁉」

パーにして真上に広げたニナの両腕に、滝から飛び出した一匹の大魚がすっぽりと収まった。

「さ、魚⁉　なんで⁉　っていうかこれ……超レアものじゃない！」

降ってきた魚をギュッと抱きしめて頬ずりをするニナの姿は、とってもシュールだ。まあ、本人がいいならいいのかな。

「そんなにレアなの？　でもそれ、大丈夫？　うろことかひれで、ほっぺた削れない？」

「レアもレア、超レアだよ！　あのゴールデンルビーフィッシュだよ！　食べられる宝石！滋養強壮の鬼！　美と健康の化身！　重さイコール金貨の！」

知らないことが申し訳なくなるくらい、ニナは熱弁をふるって大魚を抱きしめている。

「この子が手に入るなら、荷車と今日集めた素材全部が戻ってこなくても、おつりがきちゃう。

ありがとうノヴァ！」

お祭りのために、多めに食材を確保しておかないといけないんじゃなかったっけ？

思わぬレアものを前に、目的を見失いつつあるニナになんと言ってあげるのが正解だろうか。

ひとまず落ち着くまで見守っていると、改めて大魚を抱きしめようとニナが力を込めたことで、つるりとその腕から飛び出した大魚が、空を泳いだ。

「ああっ！　待って、ルビーちゃん！」

ニナが大魚を追って走り出し、俺もそれに続く。

驚異的な脚力で大魚に追いついたニナが、捕まえようと必死に手を伸ばす。

何度も触れているのに、なかなか捕まえられない。大魚が、お手玉のように空中で跳ね回る。

「あなたまで、わたしの前からいなくなったら、許さないんだからね！」

聞きようによってはちょっと怖い台詞を、見ようによってはちょっと怖いぎらぎらした目つきで発しながら、ニナが何度目かのジャンプをキメた、その時だった。

「えええ！　なんでよおおおおお！」

木から跳んできた一匹の猿が、ニナの目の前で大魚を片手でかっさらい、隣の木に飛び移ったのだ。

「ちょっとあんた、返しなさい！」

憤慨するニナをあざ笑うように、猿が横取りした獲物を両手で持ち上げ、きいきいと鳴いた。

こうなれば、当然ニナは大激怒だ。

「そう、わかった……今晩のおかずになりたいってわけ」

村には、猿を食べる習慣はない。つまりこれは、ニナなりの威嚇だ。かなり本気で怖いし殺気も出ているけど、そのはずなのだ。

びくりとした猿が手元を誤り、大魚が再び宙を舞う。

「渡さない！」

「落ち着いて、ニナ！」

「ききぃっ！」

ニナ、猿、俺の三つ巴《どもえ》で大魚を追う。

三人の手の上を順番にお手玉したり、風に煽られて進路を変えたりしながら、大魚が大空を舞い踊るように泳いでいく。

雨がやんだ空には虹がかかり、水滴がきらきらと陽光を反射して、幻想的な光景だ。俺たちの視線は大魚に釘づけで、せっかくの景色を楽しむ余裕はほとんどないけどね。

途中から、前に見かけたものよりひと回り大きな猛禽類が大魚キャッチに参戦し、魚を狙っているのか俺たちや猿を狙っているのかわからない、巨大な植物までもがつるで参戦して、森は一気に騒がしくなった。

「あんたは絶対に、わたしが持って帰るんだからっ！」

「これだけ言われたら食べてみたい！　絶対に持って帰ろう、ニナ！」

「ききき っ！」「ぎゃあぎゃあ！」「しゅるるる！」

俺とニナ、猿、鳥、植物の鳴き声がこだまし、風が吹き荒れ、魚が空を舞い踊り、どんどん森の奥深くへと突き進んでいく。

「ニナ、ストップ！　今すぐ止まって！」

そんな中、俺は急停止して、それをニナにも告げた。次の桶屋クエストが表示されていたからだ。

『雨が降れば、ものすごーくレアなものが見つかる』
「今すぐ足を止めて、思い浮かんだ早口言葉を三回唱えよう
「雨が降り出したら、とにかく全力で駆け出そう（completed)
「走り疲れたら、滝をくぐって気持ちをリフレッシュしよう（completed)

「なんで……ああ、ゴールデン……ルビー……行っちゃった……ううう」

「泣いてる場合じゃないよ」

「でも、もう少しであの子をキャッチできたのに。ひどいよ、ノヴァ」

「さかなぴょこぴょこみぴょこぴょこ、あわせてぴょこぴょこむぴょこぴょこ！　さん、はい！」

「え？　は？」

「三回唱えたら動いていいよ！　さん、はい！」

「なにそれ、え？　なんで？」

わかる、すごくわかるよ。俺が聞きたい。どうしてここまでレアものを追いかけさせておいて、急停止して早口言葉を叫ぶのか。

「俺を信じて！」

俺は、俺自身にも言い聞かせる気持ちで、曇りのないまなざしでニナを見つめた。そう、ここで俺が半信半疑の顔や態度をしようものなら、きっとスキルの効果は薄れてしまう。

これを考えている時点で半分アウトかもしれないけど、最後までやってやるという気概は見せておかなくては。

「わかった、わかったよ！　やってやろうじゃないの！　さかなぴょこぴょこにぴょこ……みぴょこぴょこ？　あわせてぴょこぴょきょむ……ぴょことこ！　さかなぴょこぴょこ……！」

やけくそ気味に、噛み気味に、ニナが早口言葉を叫ぶ。

それを表向き満足そうに眺めて頷くと、俺も同じように残り二回にチャレンジする。

「むぴょこ！　ぴょこっ！　よし、もういいよね⁉　ひえっ⁉」

ぐすぐすと泣きべそをかきながら、ニナが走り出そうとしたその鼻先を、どこかに消えていた荷車が猛スピードで横切っていった。

タイミングを間違えていたら、完全に轢《ひ》かれているところだ。

目をぱちくりさせて、事態をのみ込めずにいるニナを尻目に、荷車は正面の大木へとまっすぐに突っ込んでいく。

「ああ、壊れちゃう……」

ぽつりと呟いたニナの目から、すうとひと筋、新たな涙がこぼれて頬をつたう。

大木に真正面から衝突していく荷車を、俺もただ眺めるしかない。

きらきらと日差しが照らす大木は、神秘的ですらある。そこへ、ひと際きらきらと輝くなにかが、空を滑るように落ちてくる。

「さか……な?」

俺たちがさんざんに追いかけ、森の奥へ消えていったゴールデンルビーフィッシュが、どこをどう泳いできたのか、荷車と大木の間にするりと滑り込んだのだ。

ぬる、しゅるん、すとん。

大魚がその肉厚な身体と絶妙なぬめりけをもって緩衝材となったらしく、荷車が無傷で止まる。大木と荷車に挟まれ、またしても浮力を得た大魚は、舞い上がった空でくるりと身をよじらせると、荷車の中にダイブしておとなしくなった。

おそるおそる近付いた俺たちが見たのは、強風の中を走り回ったおかげで、森中のレア食材と素材がたっぷり詰め込まれ、仕上げに超レアものの大魚がそっと添えられた荷車だった。恐ろしいことに、傷ひとつない。

「あ、はは……まあざっとこんな感じ？」

荷車を覗き込んで、顔を見合わせて、俺たちはひとしきり笑った。

ありえないことの連続だったけど、最終的に想定以上の結果を手に入れられた。

「ニナのおかげだよ、ありがとう」

「全然。わたし、振り回されっぱなしだったよ」

「最初にさ、言ってくれたでしょ？　ちゃんと期待してってって。そのおかげのような気がするんだよね」

もしかしたら、勇者パーティー時代も、これに近いことを無意識にやっていたのかもしれない。でもそれを、俺自身がきちんと意識したのは今回が初めてだ。

スキルの持ち主のくせに、スキルを信じ切れていなかったことが恥ずかしい。そして、それに気付かせてくれたニナは、振り回されながらも本当に最後まで信じてくれて、今も隣で笑ってくれている。この子には、感謝してもしきれないな。

「これなら、村のみんなもびっくりするね。ちょっと休んだら帰ろうか」

頷いてから、俺はあれ、と気が付く。

大木の根元、うろになっているところになにかある。それが陽光に反射したらしい。

「あれ、なんだろう？」

「卵、かな？」

隠されているようにも、無造作に置かれたようにも見える卵がひとつ、そっと顔を出していた。

俺が両手で抱えるほどの大きさだ。魚を狙ってきた猛禽類のものとは思えない。もっと大きな、なにかがこの近くにいるのかもしれない。

しかも、よく集中して見てみると、卵を守るようにしてわずかな魔力の残滓《ざんし》がゆるやかなカーブを描いて浮かんでいるのがわかった。ただの動物の卵ではなさそうだ。

「どうする？　卵があるなら親がいそうだし、ここからは早めに離れた方がよさそうだけど」

「とりあえず持っていこうか？」

「ニナさん⁉」

「ここがノヴァのスキルのゴールなんでしょ？　ってことは、ここにあるものは全部、ものすごーくレアな、わたしたちのものってことだよね？」

「念のためだけど、これがなんの卵かニナは知ってるの？」

「知らない。けど、この森にあるのにわたしが知らないってことは、きっとすごいなにかなんだよ」

ニナはにっこり笑うと、うんしょ、と卵を抱えて荷車の上にそっと置いた。これは、なにを言っても聞いてくれなさそうだね。

『ニナはレアものを見つけると目の色を変えちゃうから』と言った村人の困った笑顔がとても印象的に、俺の脳裏によみがえった。

第四章　思わぬ儲けは、さらなる風を巻き起こす

山盛りの食材や素材の上に、堂々とした佇まいのレア大魚と謎の大きな卵をのせた荷車を、倒さないように注意しながら引いていく。ゆっくりペースで森の外に運び出した頃には、もうすっかり日が高くなっていた。

スライムが少ないという川の近くで荷車を止め、てきぱきと焚き火を準備する。

ずぶ濡れだった服や身体を、生乾きではなくきちんと乾かしつつ、腹ごしらえをしておくためだ。

勇者パーティーの雑用として経験を積んだ俺はもちろん、ニナも手際がいい。さすが、村の食材管理をきりもりしているだけのことはある。

ついでに、火をつけるところは魔法の力を借りるので、そこまで難易度も高くない。異世界キャンプは、転移前の世界よりだいぶ楽なのだ。

あの大雨だったので、薪になる枝がしけっているのではと心配もしたけど、どうやら俺たちがいた辺り限定の、超局地的なスコールだったらしくて、火がつきそうな薪は簡単に手に入った。

ちょうどいい感じの小枝をつまみ上げて、空模様と見比べては怪訝《けげん》な顔になっているニナに

声をかけるべきか迷ったけど、やめておいたのは正解だったと思う。やっぱりおかしいよ、不自然だよと長めのお説教が始まりそうな気配だったからね。

「すごい……どれもこれも本当に、滅多にとれないレアものばっかりだよ！」

「それならよかった。あ、これは俺も知ってる。高級レストランとかに売れるきのこだよね」

「それ、美味しいよね！　食べるか売るか迷っちゃう！」

焚き火を囲んだ俺たちは、どれを食べるか相談しつつ、荷物の整理をすることにした。

食材と素材は、荷車にざっと流し込んだような状態で、さすがにこのまま持って帰るのは微妙なバランスだ。荷車に積んであった袋に、種類ごとに詰めていくことにしたのだ。

持って帰ると傷んでしまいそうなものを優先して、これまた荷車に積んであった大鍋に放り込んで、お昼ごはん用に煮込んでいく。

「こんな鍋が入ってたから重かったんだね……これ、いつも積んでるの？　大変じゃない？」

「わたしは外でもごはんに妥協したくないから、大抵の場合は積んでるよ。外で頑張った時こそ、美味しいごはんが食べたいと思わない？」

さわやかすぎるニナの笑顔に、俺もぎこちなく頷く。

「これでよし、と。ノヴァは火加減見ててくれる？　わたしはあっちでちょっと作業してくるから」

「わかったよ……ってちょっとニナさん⁉　これ、本当に合ってる⁉」

焚き火を囲むように四本の支柱を立てて、ちょうど火の真上で交差するような形にしてある。そこから大鍋を吊《つ》るして、食材を煮込んでいるわけだけど、覗き込んだ大鍋の中央に鎮座ましましていたのは、例の大きな卵だった。

「食べちゃっていいいんだっけ？」

「わかんない」

ニナが首を傾げて、にっこり笑う。

俺もつられて、ひきつった笑みを浮かべて首を傾げてしまった。

「わかんないって」

「わかんないけど、拾った時点で冷たかったから。残念だけど、そこからなにかが孵《かえ》ることはないと思うんだよね。で、そうなると気になるのは鮮度でしょ。大事に持って帰ったとしても、正体不明で鮮度も怪しい、しかもひとつしかない卵を、村のみんなにふるまうわけにはいかないじゃない？」

なめらかに動くニナの口から、よどみなく、もっともらしい理由の波が押し寄せてくる。

さらさらの真っ赤な髪を耳にかけて、きらきらした大きな瞳で卵を見つめる姿は、完全に食べる気満々、持って帰る気ゼロだ。

この子は、かわいい顔をして予想以上にワイルドなようだ。

「ふたりで食べる分にはいいいんだっけ？」

「毒がないことは確認してあるよ。だから今ならまだ、悪くなってはいなさそうだし、煮込めば大丈夫だよ。多分」

小さな声で多分って言ったね。

毒がないことがニナのスキルでわかってしまうだけに、食べていいものかわからないからやめておこう、という切り口で止めることはおそらくできない。

しかも、俺に相談するより先に、火にかけた大鍋にくべてしまっている行動力だ。

なにかが孵る見込みがないのなら、大事に抱えて持って帰っても仕方ないし、時間が経つほど鮮度が落ちていくのもその通りだ。ついでに、まさしくニナの言う通り、いくら大きいとはいってても、ひとつしかないのではみんなで分けるのも難しい。

「わたしでも知らないくらいのレア卵だもん。きっと美味しいよ！　それに、あれだけの目にあったんだから、ちょっとだけご褒美があってもいいよね？」

なるほど、本音はきっとこっちだね。レアだから美味しいっていう理屈はだいぶ怪しいけど、気持ちはわかるよ。

「わかった。これはここで、ありがたくいただいちゃいますか。火加減見てててって言ってたけど、ニナはどうするの？」

「ん、わたしはこっちの下処理やっちゃおうかなって」

ニナが両腕に抱きしめて頬ずりをしているのは、もうひとつの大物、ゴールデンルビーフィッシュだ。

雨風に煽られて、俺たちに追い回されて、とどめに大木と荷車の板挟みにあったのだ。すっかりぼろぼろかと思いきや、いい感じにぬめりとうろこが落ちているようで、荷車と同じく傷らしい傷はついていない。これなら、内臓と血をしっかり処理すればよさそうだ。

というか、それでいいのか桶屋クエスト。やりすぎじゃないのかな。もの自体が激レアな上に、森が下処理をしてくれましたなんて言ったら、それこそ誰も信じてくれないよ。

「まあ……任せるよ。頬ずりは、ほっぺた切りそうだしほどほどにね」

さて、やるからにはしっかり火を通して、お腹を壊さないようにしたい。

拾った時にもう冷たかった、というニナの話で心配になった俺は、手渡された大きなおたまで大鍋をかき混ぜては、半分ほどはみ出した卵の向きを変えたり、上から熱湯をかけたりと甲斐甲斐しく世話をした。

しばらくお世話をしてから気付いたけど、これって割ってから入れなくてよかったんだっけ。ニナとしては、ゆで卵のようなイメージなのかな。

大鍋には、スパイスとなる様々な木の実や葉、主食になりそうな芋、ニナがどこからか取り出した干し肉なんかがこれでもかと入っている。

ふたり分にしては作りすぎのような気もするけど、この大きさの卵に風味をつけるには、これくらいの量が必要なのかもしれない。

ぐつぐつと煮立つ大鍋からは、食欲をそそるいい匂いがこれでもかと漂ってきて、胃袋を刺激する。自然と、卵を愛《め》でるおたまにも力が入ろうというものだ。

「よしよし、いい子に育つんだぞ。よーしよし」

「ノヴァ、大丈夫？　普段はそういう感じ？」

「うわあ！　き、気が付かなかった。下処理は終わったの？」

テンションに任せて卵に話しかけていたところへ、大魚の下処理を終えたらしいニナがいつの間にか戻ってきて、にやにやしながら俺を眺めていた。頬杖《ほおづえ》なんかついて、完全に人間観察モードじゃないか、恥ずかしい。

「あれ？」

「どうしたの？」

「いや、ニナの脇に置いてある、それなんだけど」

「ああこれ？　さすがに今回の目玉をどっちもふたりで食べちゃったら怒られるでしょ？　だからお包みしてみました」

にっこり笑うニナは、いくつかに切り分けた大魚を、大きな葉っぱで器用に包んで戻ってきていた。

その葉っぱ自体は、俺もこの世界に来てからよくお世話になったので知っている。ほどよい大きさがあって、やわらかくて丈夫で滅菌効果まである便利素材だ。

俺が気になったのはそこじゃない。

「ニナさんや？　その切り身、もしかしなくても凍ってません？」

「うん、初級魔法の応用でね、便利でしょ？」

「……卵の鮮度がなんとか言ってたけど、同じように凍らせれば持って帰れたんじゃない？」

「ばれた？　まあまあいいじゃない。さっきも言ったけど、頑張ったんだからご褒美は欲しいでしょ？」

俺は軽くため息をついて、まあいいかと小さく呟いた。

後出しはずるい気がするけど、率先して卵の世話をして、がっつりと煮込んでしまった手前、俺もすでに共犯だ。なにかを言い返せる立場ではなくなっている。

「あれ、火が強くなりすぎたかな？」

ぐつぐつと煮えたぎる大鍋が、ぐらぐらと揺れ始めていた。

そっと支柱を押さえながら、鍋の下を覗き込んで、火の加減を調節する。

「なかなかうまくいかないね、代わる？」

落ち着かない鍋の様子に、ニナも覗き込んでくる。

「違う……これ、火加減のせいじゃない！」

「え、どういう意味？　きゃあ！」

ぐらぐらと煮立つ鍋の揺れは、いよいよ小刻みな振動をともなって、激しくなってきた。

ニナが咄嗟に飛びのき、俺はどうにか支柱を押さえて踏ん張る。

火はほとんど消えてしまったような状態なのに、鍋が勢いを増し続けているとなれば、その原因は鍋の中しかない。

「卵が!?」

見れば、幾筋ものヒビが入っている。

なにかが孵化できる状態ではないという俺たちの見立ては、大きく間違っていたらしい。

もしくは、スパイスたっぷりのスープと、俺の食欲をはらんだ歪んだ愛情が、瀕死《ひんし》の卵をよみがえらせたのか。

いよいよヒビだらけになった卵が、薄青い光を放ち始める。ただ光っているだけじゃない、これは魔力だ。しかも、ものすごく濃密な。

この世界に来て色んな卵を見てきたけど、孵化《ふか》する時に魔力がほとばしるような卵なんて、お目にかかったことはない。

でもこの魔力の感じが、どんな生き物によるものかは、なんとなく感覚でわかってしまった。最初に卵を見つけた時に浮かんでいた残滓とは比べようもない、この力強い魔力は、間違いない。

「やばい……これ、ドラゴンだ！」

「ピイイイイッ！」

俺の叫びに呼応するように、光に包まれた卵の中から、一頭のドラゴンが飛び出した。

サファイアブルーに輝くなめらかなうろこと、ふわふわの真っ白な毛で覆われた全身が、完璧なバランスで模様を描いている。うろこより少し薄い色のブルーの瞳はまさしく宝石のようで、ちょこんとした二本の角も、すらりと伸びた翼と尾も、息をのむ美しさだ。

「綺麗……！」

「本当に」

思わずぼんやりと見とれてしまう。ニナも同じようで、俺の隣で立ち尽くしている。

「ピイ」

子ドラゴンは大きくひとつ鳴き声をあげると、なめらかな動きで空中を泳ぐように近付いてきて、俺に頭をすりつけてきた。

「わ、くすぐったい」

「ノヴァのこと、親だと思ってるとか？」

「ドラゴンは頭がいいから、自分の親はちゃんとわかってるはずだよ」

これは、多分あれだね。すごく言いづらいけど、よく煮えるようにおたまでお世話をしたり、卵の向きを変えて熱が均等に通るようにしたりした、一連のあれこれのおかげだ。

死にかけていた卵を丁寧に温めてくれた恩人として、認識してくれているらしい。食欲をはらんだ歪んだ愛情が、なんて冗談混じりに考えたことが現実になるなんて、なんという罪悪感か。

子ドラゴンは、もうひとつピイと鳴いて、鍋に向き直った。どういう仕組みなのか、あれだけ硬かった卵の殻が、よく煮えたスープにとろりと溶けて、なんともまろやかに仕上がっている。

「ああ……まあ、しょうがないか」

「だね。食べようとしたこと、これで許してくれるといいけど」

子ドラゴンは大鍋に頭を突っ込むと、あっという間に、溶けた卵の殻ごとスープを飲み干してしまった。

ついさっきまで煮えたぎっていたスープなんだけど、熱くないのかな。舌とか喉とか、火傷《やけど》してない？

俺の明後日《あさって》を向いた心配をよそに、鍋の中身を飲み尽くした子ドラゴンはけろりとした顔できょろきょろして、今度はニナの脇にある魚の切り身に狙いを定めた。

今は葉っぱに包まれて凍っているけど、中身のレア度は一級品だ。なにか、感じるところがあるのかもしれない。

「待って、これはダメ！」

凍った切り身を後ろに隠して、ニナがぶんぶんと首を横に振る。

「いいんじゃない？　あげちゃおうよ」

「でも……！」

レアものを前にして、ニナが涙目で食い下がる気持ちはわからなくはない。でも、俺としては、早いことこの子にお腹いっぱいになってもらって、ご両親のもとに飛び去っていただきたい気持ちでいっぱいだった。

ドラゴンは頭がいい。さっきも言った通りだ。

生まれた瞬間からこれだけの魔力を宿し、俺が卵の世話をしていたことを認識して、頭をすりつけてくれるような子だ。

そのご両親が、どれだけ名のあるドラゴンさんなのか、想像するだけで逃げ出したくなる。だってそうじゃないか。子ドラゴンは俺たちのことを命の恩人のように考えてくれているけど、親御さんからすれば一目瞭然だ。

なにがって、そんなの決まってる。大事な卵を俺たちが食べようとしていたことが、だ。

この子とはなるべく、迅速かつ気持ちのいいお別れをしておくに越したことはない。そのためなら、下処理済みのレア大魚だって、差し出して然るべきだ。命よりレアなお宝はないのだから。

「そういうわけだから、ほら、差し上げて！　今にもご両親が飛来するかもしれないんだから！　自慢じゃないけど俺は、大人のドラゴンなんてひとりじゃ絶対勝てないからね！」

「はあ……わかったよ。まあそうだね、結果的に、この子が無事に生まれてくれてよかったのかも」

ニナは諦めたように、そっと凍った切り身を地面に置く。

子ドラゴンが、俺とニナを順番に見つめてくる。食べる気満々なのに、念のため、食べていいのか確認しているみたいだ。めちゃくちゃかわいい。

ふたりで思わず笑みを浮かべて、こくこくと頷くと、子ドラゴンはひと声鳴いて、凍った切り身をあっという間に平らげた。

「ピイちゃん、食いしん坊だね！」

「ちょっとノヴァ、名前とかつけちゃって大丈夫？　一刻も早く、穏便にお別れするんじゃなかったの？」

「考えたんだけど、孵化の時にあれだけ魔力を放出したんだし、親御さんも気付いてると思うんだよね。それならより穏便に、直接お渡しした方が角が立たないかなって」

「そうなのかな？　それにしたって、鳴き声そのままって安易すぎない？」

「実は迷ってて……どれがいいと思う？　ピイピイ鳴くピイちゃんか、食いしん坊のボウちゃんか、煮込む寸前で孵化したニコちゃんか」

「ニコちゃんて。なにそのセンシティブなセンス。なんかごめんね……ピイちゃんでいいよ。うん、ピイちゃんがいいと思う」

この子の様子から、知恵を絞って考えた究極の三択だったのに、ニナはなぜかじっとりした目つきになっている。

改めて、「ピイちゃん」と呼ぶと、ピイちゃんは角をぴくりと反応させて、すいすいと空を泳いで俺のところにやってきた。

「くすぐったいって……いやいや、そこで寝ちゃうわけ？」

お腹がいっぱいになったらしいピイちゃんは、俺とニナにひとしきり頭や身体をすりつけて甘えると、俺の背中から首に巻きつくような格好で器用にくっついて、すうすうと寝息をたて始めた。

仕方なくそのままで、起こさないように気を付けながら鍋を片付ける。意外にも、ピイちゃんの身体はすごくやわらかくて、動きにくいこともなく、ふわふわとした不思議で心地いい触り心地だった。

「全然、親が迎えにくる感じじゃないね。近くにはいないのかな。安心して寝てもらえてるのは嬉しいけど、ずっとこのままってわけにもいかないよね」

ひと通りの片付けが終わっても、それらしいお迎えがやってくる様子はなかった。

ピイちゃんは俺に巻きついて、完全に熟睡している。

「ノヴァ、めちゃくちゃ懐かれちゃってるね。どうする？」

どうすると言われても、ほったらかしにして村に戻るのは微妙なところだ。なにより、引き剥がすのはしのびないかわいさで、連れて帰りたい気持ちになっている。

「とりあえず、親が迎えにきてくれるまで一緒にいるってことで、村に戻ろうか」

ニナも頷いて、にっこり笑ってくれる。

「ところで、もうひとつ相談があるんだけど」

「ああ、実は俺も話があるんだよね」

「さすがになにか、食べてから戻らない？」

「俺が言おうとしたのもそれ、本当そう。お腹の中、空っぽすぎ」

レア食材たっぷりの、真心込めて煮込んだスープは、この子にすべて食べられてしまった。森の中を半日近く駆け回った胃袋からは、朝ごはんはもうとっくに消えて空っぽだ。

とりあえず俺たちは、仕分けた荷車の袋から、すぐに食べられそうなものをがさごそと探し始めた。


この世界におけるドラゴンの生態は、謎に包まれている。

暮らしぶりを隅から隅まで観察、確認しようという命知らずの物好きがいないのはもちろん、大人になれば人間以上の知性を持ち、大抵が人の言葉を解するようになるドラゴンが、普段の生活を見せようとしないこともある。

ドラゴンの孵化に立ち会えたこと自体が、言ってみれば超スーパーシークレットレアな出来事だ。

中には、勇者パーティーで討伐したダークドラゴンのように、闇落ちしてしまう個体もいるにはいるけど、基本的にドラゴンは神獣や聖獣に近い存在だ。ドラゴンの子供の信頼を勝ち取ることはすなわち、ドラゴンの加護を得たも同じ、奇跡の中の奇跡と言っても過言ではない。

「というわけで、放っておくわけにもいかなくて、ひとまず連れて帰ってくることになったんだよね」

「く、首にドラゴンが……！」

村に戻った俺たちは、村人の皆さんの目を揃って見開かせ、口をあんぐり開けさせることに成功していた。

「それって重たくないんですか？　苦しくもないんですよね？　あったかいんです？」

腰に手を当て、パープルの瞳をぱちくりさせて、ピイちゃんをしげしげと眺めてあれこれと質問してきているのは、村の農業をとりまとめているカティという女の子だ。

アッシュグレーのゆるやかなウェーブがかかった髪をポニーテールにまとめ、動きやすそうなシャツとパンツに身を包んでいる。アクティブな服装は、色々と作業をしやすくするためなのだろうけど、口調がたいへんおっとりしているので、素敵なギャップがある。ちなみに年齢的には俺やニナのふたつ上、二十歳だ。

「なんとこのまま寝てるんだよ、かわいくない？　名前はピイちゃんです」

「わあ、本当にぐっすり寝てるんですね。寝息までかわいいです」

「わかってくれますか！　この、時おり鼻息がふんすってなるところとかもう、たまらんですよね！」

「たまらんですね！」

揃ってにっこりとした笑みを浮かべ、首を傾げる俺とカティに、ニナもつられて笑っている。

「いや、かわいいのはわからなくもないんだがね。これは一大事なんじゃないか？　とりあえず、ランドを呼んでくるよ」

冷静な村人が駆け出し、残ったみんなでドラゴンをどうするかの相談と、荷車の整理を手分けすることにした。

「こいつは本当にすごいな。ノヴァ、あんた何者なんだい？　これだけのものを半日程度で集めて、ドラゴンまで連れて帰ってくるなんて」

これでもかと登場するレア食材、レア素材に、村の皆さんから口々にお褒めの言葉が飛んでくる。レア度が低いものにしても、質がいいとか通常のものより大きいとか、なにかしらいいものばかりが入っていたようだ。桶屋クエスト、様々だね。

「それでこの子、放っておけなかったっていっても、いったいなにがどうしてこうなったんです？」

俺とニナは、森の中での一連の出来事と、その最後に卵を見つけたこと、色々あって卵が孵化したことを簡単に説明した。

さすがに、煮込んで食べようとしたことは黙っておいたし、ニナも見事なコンビネーションで辻褄《つじつま》を合わせてくれた。ゴールデンルビーフィッシュも結果的に手元からなくなってしまったので、そのことも黙っておいた。

カティは目をきらきらさせて話を聞いてくれたけど、周りを囲む村人の顔は険しい。

「この子、お話からするとなんでも食べそうですけど、一日に何回くらいお食事するんでしょうね？」

「わかんないけど、食べ続けてなきゃ大変……って感じではなさそうだよ」

「そうなんですね。眠る時は基本的にノヴァに巻きついてるんですか？」

「え、どうなんだろ。もしそうだったら、嬉しい悲鳴というか、どうしよう」

「待て待て、一緒に暮らす気満々のところ悪いが、親のドラゴンが来たらどうするつもりなんだ？」

食べ物や寝床の話を始めた俺とカティの間に、村人に呼ばれてやってきたランドが割って入った。

今のピイちゃん自身に、危険はほぼないはずだ。ただし、ランドが言うように、親ドラゴンがどうかといえば、それは個体によるとしか言えない。

理性的な個体が多いのは確かなはずだけど、知性も魔力も高いだけに、人を下に見ている個体もいれば、闇ギルドや悪意を持った相手に狙われて、人を嫌ったり憎んだりしているものもいる。

迎えにきた親ドラゴンがそういうタイプだった場合、誠心誠意説明するしかないけど、それでも怒りを買ってしまった場合は、村自体が危ういなんてこともあるかもしれない。

なにか言いたそうにしたニナに、「いいんだ」とそっと告げて、俺は頭を下げた。

「ランドやみんなの心配してることはわかるよ。いきなり連れてきて、無理を言ってごめん。カティも聞いてくれてありがとう。少し休ませてもらったら、行くよ」

この村の迷惑になってはいけないのに、村の中まで連れてきてしまったのは俺のミスだ。

かといって、ピイちゃんをこのまま投げ出せるかといえば、すでに情が湧いてしまっている今、それもノーだ。となれば、俺がピイちゃんを連れて村を離れるしかない。

卵を見つけた場所から離れすぎてもいけないだろうし、しばらくは山暮らしかな。村のみんなとも物々交換しながら暮らしていけると助かるけど、完全に野宿でもまあ、なんとかはなるかな。

目安は、ピイちゃんの親が迎えにくるか、この子が独り立ちできるくらい大きくなるまでだけど、もしかしたら、ある程度の年月を考えておいた方がいいかもしれない。

この子が生まれた時の魔力を感じ取れる範囲に親がいたのなら、もう迎えにきていてもおかしくないはずだ。半日近くが経っても来ていない上に、卵が冷えかけていたことを考えると、親ドラゴンになにかあった線も考えなくちゃいけない。

「うん？　今日はまだどこかに行くのか？　祭りの準備があるにしても、想定外の事態なんだ。とりあえず今日はもういいんじゃないか？」

「いや、だからみんなに迷惑をかけないように」

「え？」

「は？」

ランドと俺の頭の上に、それぞれ疑問符が浮かぶ。どうにも会話が噛み合っていない。

俺は、ずり落ちかけたピイちゃんをそっと首に巻きなおして、話を整理しにかかった。

「だって、親ドラゴンが迎えにきた時に、どうするのかって」

村になにかあったらどうするのか、という意味でなければ、どういうことなのか。

「こんなにかわいくて、こんなに懐いてるのに、手放せるのか？　離れていても友達だって、割り切れればいいけどな」

「あれ？」

「あれ、じゃないだろ。この子……ピイちゃんだったか？　こんなにノヴァにくっついて、そもそもちゃんと野生に戻れるのか？　この村で一緒に暮らす方法もあるんじゃないか。いや、それより、ちょっと触ってみても？　ん、どうした？　ノヴァ、ちゃんと聞いてるか？」

「いやあ、思ってたのとだいぶ違うなって」

「ランドって、こう見えてかわいい動物とか大好きだもんね」

ニナが隣でくすくすと笑う。

俺がひとりでぐるぐると考えた、シリアスな葛藤を返してほしい。

険しい顔に見えたランドは、親ドラゴンが迎えにきた時の、俺とピイちゃんとの別れとか、本当に野生にかえれるかどうかを気にしてくれていたらしい。

俺たちを囲む他の村人も、「なんでも食べるって言っても、本当はあげちゃいけないものとか、あったりしないのかな」「うちの納屋なら貸せるぞ！」などと、どうすればより快適に、一緒に暮らせるかを口々に提案してくれる。

のんびりしているというか、平和というか、ちょっと心配にはなるけど、俺はまた少しこの村が好きになった。

「うおお、なんてやわらかさだ！　ふっかふかじゃないか！」

ひとまず村全体で面倒を見ることに決まると、ランドはさっそくピイちゃんを撫《な》でて、感激の雄たけびをあげた。

「静かにしてよ、ランド！　ピイちゃんが起きちゃったじゃない！」

「悪かったよ。そうだ、ノヴァの部屋、まだ余裕あるよな？　ひとまずこの子の寝床はお前さんの部屋に作っていいか？　つっても、藁《わら》がいいのか毛布がいいのかわからんが……それらしいやつをいくつか運ばせるからよ」

「うん、ありがとう」

ランドは、ニナだけでなくその場の全員からブーイングを受けつつ、そこは村長らしく、ピイちゃんを俺の部屋で寝られるように整えることを約束してくれて、場を収めにかかる。

ピイちゃんの食べ物についても、ひとまず村の蓄えからなんとかして、足りない分や特殊ななにかが必要なら、俺を中心に頑張ってみる形で落ち着いた。

その後は荷車の整理を一段落させて、目を覚ましたピイちゃんにみんなで四苦八苦しながらごはんを食べさせたり、水を飲んでもらったり、寝床の具合を確かめてもらったりと、一喜一憂の大騒ぎだった。

あっという間に日が暮れてしまったけど、新鮮で驚きの連続の一日だった。


これから始まるピイちゃんとの暮らしに、俺も村のみんなもわくわくしていたのだけど、その日の夜に、さっそく事件は起こってしまう。

ごうごうと吹きつける風が、普通ではないと最初に気付いたのは誰だっただろうか。

ずんと大きななにかが着地する音に飛び起きた俺たちは、昼間以上に目を見開き、口をあんぐりと開けて立ち尽くしてしまった。

村の入口には、鋭い目つきでこちらをにらみつける、二頭のドラゴンの姿があったのだ。

月明かりを受けて真っ白に輝くなめらかな毛と、きらきらと輝く宝石のようなブルーのうろこ。色合いといい二本の立派な角といい、ピイちゃんにそっくりだ。

抑えているはずなのに、二頭から感じる魔力はとんでもないもので、間違っても戦ってはいけない部類のお相手のようだ。

「いやあ、もふもふドラゴンとののんびりライフ……短い夢だったなあ。元気でね、ピイちゃん」

俺は半笑いかつ半泣きで、非常識な時間に飛来した親ドラゴン二頭を、ぼんやりと眺めるしかなかった。

「我らの子を、無礼にもさらったのは貴様たちか」

「私たちがシャイニングドラゴン、ツァイスとソフィのつがいだと知ってのことですか。魂すら凍《い》てつかせるブレス、よほど味わいたいようですね」

親ドラゴンは、自分たちをシャイニングドラゴンだと名乗った。完全に誤解されすぎていて、ブレスなんていただくまでもなく、魂が口から出ていきそうだ。

シャイニングドラゴン。それはこの世界で、数々の伝承に語られる、伝説のドラゴンだ。

高い魔力と戦闘力の高さは数あるドラゴンの中でもトップクラス。吐き出すブレスは、どの伝承を見ても、魂すら凍てつかせるとの触れ込みで有名だ。

どうして俺がこの世界のドラゴンに詳しいのかといえば、勇者パーティーでダークドラゴンを討伐したおかげだ。討伐の前に、なにかできることはないものかと、ドラゴン全般に関する文献や伝承を読み漁っていた時期があるのだ。

魂を凍てつかせるなんて、誰が大袈裟《おおげさ》に言い出したのかと思って読んでいたものだけど、まさか本人の口上として登場する感じだったとは。

　当時、半分本気、半分冗談で『シャイニングドラゴンをどこかから見つけてきて、ダークドラゴンとぶつけたら話が早いんじゃない？』と提案したら、サイラスに本気で怒られたっけ。

「伝説のドラゴン様を最後に拝んで逝けるってのも、まあ悪くないか」

「あらあら、これはどうしようもなさそうですね」

「なに言ってんの！　こっちは悪いことしてないんだから、ピイちゃんを連れてきてちゃんと話をすればきっと大丈夫だよ！」

　完全に諦めモードになっていた俺とカティは、ニナにひっぱたかれてハッとする。

「ノヴァ、ピイちゃんは⁉」

「まだ寝てると思う。すごいよね。ご両親、ど派手なご登場だったのに」

「感心してる場合じゃないでしょ、連れてきて！」

「待て。誰ひとりとして、そこから動くことを許さぬ」

　ぴり、と空気の温度が下がる。下手に動けば、弁明の機会も与えられず、終わってしまう。

そう認識させられるのに有り余る圧力だ。

　親ドラゴン……ツァイスとソフィからすればこの村が、大事な子供をさらった極悪で矮小《わいしょう》な人間どもの巣、という認識になっているのは間違いなさそうだ。

　矮小な人間どもサイドとしては、まあまあ頑張ってお子様のお世話をしたので、ぜひお話を聞いていただきたいところなんだけど。

というか、いきなりすぎて危うく諦めそうになったけど、俺はだんだん腹が立ってきていた。

運よく、本当に運よく孵化できたからよかったものの、こんなに怒るくらいなら、冷えかけた卵を放置してどこをほっつき歩いていたんだよ。

それで、子供をさらったのはお前たちかと夜中に踏み入ってきて、力に訴えるような言い方をしてくるなんて。

「ピイちゃん……ええと、あなた方のお子さんは確かにこの村にいます。いますけど」

「やはりそうか。貴様ら、許さんぞ」

「けど！　っつってんでしょうが！」

びりびりと村中に響く大声……というか怒声で、俺はツァイスの言葉を遮った。

「気持ちはわからないでもないけど、話聞いてよ。俺が見つけたのは大きな卵で、ほとんど冷えかけてたんだよ。それをあの手この手で温めて、どうにか孵化してくれたんだ。あの子、今は寝てるけど、ひどいことをしたりしてないのは、起きてくれば証明できる」

「……嘘ではなかろうな」

「嘘ついてどうすんのさ。むしろ大丈夫？　この村は、大事なお子さんの命の恩人ですよってことなんだけど？　その相手に、動くなとか許さんとか初手からイキりちらかして、どう謝ってくれるか楽しみだね」

「無礼な」

「だから、今、無礼なのはあんただってば。言葉を返すようだけど、そこ、一歩も動かないでよ。あの子、連れてくるからね」

ツァイスの言葉をそのままお返しして、俺はふんと鼻息を荒くする。

真っ青になっているランドやカティの横をすり抜けて、ピイちゃんと一緒に寝ていた部屋へずんずんと歩いていく。

部屋に戻ると、これだけの振動やら怒声やらが飛びかった後だというのに、ピイちゃんはまだぐっすり眠っていた。

「はあ……完全に言いすぎた。この子を見てたら反省してきた。事情も知らずにイキりちらかしたのは、俺も同じだよ。っていうか、なんなら食べようとしてたんだよね。本当にごめん」

そっとピイちゃんの頭を指でくすぐる。角の間をこしょこしょすると、気持ちよさそうに身体をくねらせて、小さく鳴いて目を覚ましてくれた。

「起こしちゃってごめんね。きみのお父さんとお母さんが来てるんだよ。ちょっと誤解されちゃってるみたいでさ、事情を説明してくれないかな？」

俺の言葉を聞いたピイちゃんは、ふわりと浮き上がって俺に身体をこすりつけると、窓からそっと外を眺めて、大きな声で「ピイ！」と鳴いた。

「わ、ちょっと。大丈夫だよ、一緒に行くから」

寝ぼけてゆっくりした様子だったピイちゃんは、外の様子を確認して事態を把握したらしく、俺の服の裾をぐいぐいと引っ張って、早く行くよう催促してきた。どうやら窓の外にいるのは、本当に親ドラゴンのようだ。

ピイちゃんに連れられて外に戻ると、「おお！」とツァイスとソフィが揃って感嘆の声をあげる。

「無事であったか……すまないことをした」

「見守ってあげられなくてごめんなさいね。無事に生まれてくれて本当に嬉しいわ」

二頭の間を、ピイちゃんが大喜びで飛び回る。

「ピイちゃん、説明してさしあげて」

「ピイ！　ピイイ！」

「むう……まさかそのような」

「なんてことなの……本当に」

ピイちゃんの言葉は俺にはわからないけど、二頭のリアクションからすると、どうなんだろう。

このニンゲン、最初は食べようとしてたけど、食べ物とか色々くれたんだよとか、説明してさしあげちゃっているんだろうか。

怒られたら、ジャパニーズ土下座一択だね。ダメでも、俺以外は許してもらえるようにお願いしてみよう。

「皆さん、申し訳ない。大変に失礼なことをした」

「ごめんなさい。この子をさらわれて、気が立ってしまって……卵を温めてくれたばかりか、食べ物や寝る場所まで与えてくれた、本当に命の恩人だったのですね」

へなへなと、肩の力が抜ける。どうやら、ピイちゃんは素敵な説明だけしてくれたみたいだ。

「俺も言いすぎました、ごめんなさい。でも、どうしてあんなところに卵があったの？」

非礼を詫《わ》びてから、気になったことを聞いてみる。

動くな、との呪縛から解放されたニナやランド、カティも前に出てきて、俺と並んで二頭を見上げた。他の皆さんは、さすがに前に出てくる勇気が出ないのか、遠巻きに眺めている。

「実は、卵を盗まれてしまってな……一生の不覚よ」

「でもこの子に会えて、本当の無礼者が何者なのかわかったわ」

「え、どうやって？」

「この子に、邪《よこしま》な魔力がうっすらとこびりついているの。かわいそうに……本当にごめんなさいね」

小さく息を吸ったソフィが、純白のブレスをそっとピイちゃんに吹きかける。邪な魔力とやらは俺には感知できないけど、ピイちゃんが喜んでいるところを見ると、吹き払ってくれたのだろう。

「よかったね、ピイちゃん。想像してたより短い間だったけど……すごく楽しかったし、一緒にいられて嬉しかったよ」

「元気でね」

なんとか笑顔を作った俺に続いて、ニナも短く言葉を投げた。

ちらりと見ると、ニナの目には涙が溜《た》まっている。かくいう俺も、ほとんど泣き顔に近い。

おかしいな、泣くつもりなんてなかったのに。

「ピイ！」

ピイちゃんはちらりとツァイスとソフィを振り返ってから、まっすぐ俺とニナのところに下りてきてくれた。するすると飛び回って身体をこすりつけると、くるりと俺の首に巻きついて、
満足げな表情を浮かべる。

「まあ、この子がここまで懐いているなんて……あなた、どうかしら？　もう少しの間、この方たちに預けてみては」

「むう、しかし」

「これから、無礼者のところにお仕置きにいかないといけないでしょう？　危ない場所にこの子を連れていくわけにもいかないし、ひとりで待たせるのも、ね？　それに、この子が一番懐いているあの方からは、不思議な力も感じるわ」

「そうだな。わが子を救ってくれた人間よ……もう少しの間だけ、その子を頼めないだろう

か？」

「いや、むしろいいの？　なにかあったらそりゃあ全力で守るつもりだけど、俺はその、不思議な力はあるかもしれないけど、そんなに強くはないっていうか」

頼ってもらえた嬉しさはともかく、事実は伝えておくことにする。

まだもう少しの間、この子と一緒に過ごせるならぜひそうしたい。だけど、なにかあった時に、必ず守れるとは胸を張って言い切れないのも、残念ながら事実だ。

「たとえばどっちかだけでも残るとか……ふたり揃って行かないと、危ないような相手なの？」

「……聞かぬ方がよいこともある」

ツァイスが、たっぷりと間を置いて答えてくれる。よし、これ以上の深掘りはやめておこう。本当にいいことなさそう。

「それじゃあ、食べ物とか寝る場所の準備と、遊び相手くらいしかできないかもしれないけど、ぜひ引き受けさせてください」

「ありがとう、助かります」

ソフィが深々と頭を下げるので、俺たちもつられて頭を下げる。

ピイちゃんは大喜びで、両親と俺たちの間を飛び回っては、嬉しそうに鳴いてくれる。

「あなた、念のためあれを」

「そうだな。わが子を守るため、そしてわが子を預けるそなたらを守るため、簡単な結界を張っておきたいのだが、よいか？」

「ランド、どうする？」

「お、おう……いいぞ」

こくりと頷くと、ツァイスとソフィが夜空へと飛び立つ。

村の上空で、踊るように優雅に旋回する姿は、この世のものとは思えない美しさだ。

二頭の描く軌跡が、見たことのない魔法陣を形成していく。俺たちが使う魔法とは、別の体系にのっとっているのだろう。

やわらかな青い光で形作られた立体的な魔法陣は、村の端にある畑まですっぽりと覆う大きさの球体に成長し、何度か明滅すると、すうと見えなくなった。

「すまぬな、竜種のブレスを受け続ければ百年ほどしか持たぬ簡単な結界だが、これでひとまずの守りとさせてくれぬか」

「いやいや、竜種のブレスに百年ほどて。どんな世界の終わりを想定してんですか、十分すぎるでしょ！　今夜からここが、世界一のセーフティゾーンだわ！　っていうか、百年戻ってこないつもり⁉　ピイちゃんはとっくに大人だろうし、ここに揃ってる顔はほぼ全員いなくなってますけど⁉」

「むう、無礼者の居場所はわかっているゆえ、幾月もかからず戻れると思うが」

きょとんとする二頭に、俺はニナと顔を見合わせて大きなため息をついた。過保護ドラゴン、ここに極まれりだ。

ともかく、村の中にいる限り、どう考えてもピイちゃんは安心安全になった。

村の外に出る時だけ、気を付けておけばなんとかなるだろう。

「はあ……とりあえず、お気遣いありがとう。なるべく早く帰ってきて、この子を安心させてあげてね」

うむ、と力強く頷くと、ツァイスとソフィが再び翼を広げた。

「ではゆくか、卵を奪われた怒りと恥辱、魂の奥底まで後悔させてくれる！　ガアアアアアア！」

「ええ、あなた。とどめは私に譲ってくださいな！　ギャオオオオオオ！」

最後の最後で本能をむき出しにして、二頭のドラゴンが空の向こうに飛び去っていく。

あの二頭の恨みを買ったのがどこのどちら様かは知らないけど、宣言通り、魂の奥底まで後悔することになるのは間違いなさそうだ。

「はは、すごかった。びっくりしたけど、なんとか誤解が解けてよかったね。ものすごい結界も張ってもらっちゃったし」

「結果的になんとかなってよかったが、お前さん、意外と沸点低いんじゃないのか？　荒ぶる伝説のドラゴンに、イキりちらかしてだのと言い返した時は、さすがに肝が冷えたぞ」

ランドが完全に引いた顔で俺を見てくれれば、「人は見かけによらないですね」とカティもじわりと半歩下がってみせた。

「わたしはちょっと爽快だったかな。だって、ひどい言われようだったし」

「おお、ニナさんや。わかってくれるかい」

「もちろん、例によってスキルのクエストが出てたんでしょ？　親ドラゴンにキレちらかすと、村が守られてピイちゃんとも一緒にいられる、みたいな」

目をきらきらさせるニナには申し訳ないけど、今回は完全に俺の独断で、スキルは発動していない。

「ごめんね、スキルは発動してなかったよ。喧嘩《けんか》になってたらどうしてたんだろう、考えてなかった」

「え……怖」

味方かと思われたニナが、あっという間に手のひらを返して、ものすごい勢いで後ずさりした。

「だから、そんなに万能じゃないんだってば。っていうか引くの早すぎるでしょ！　どっちかっていうとニナはこっち側じゃない？」

「それ、どういう意味？」

興奮で目が冴えてしまった俺たちは、しばらくの間ぎゃあぎゃあとやり合ってから、誰ともなしにそれぞれの部屋に戻って、眠りについた。

第五章　念願のスローライフは、思いのほかスローじゃない

夜中に二頭のドラゴンが飛来して、大騒ぎになった翌日。

完全に寝不足だったので、少しゆっくり眠ろうと思っていたのに……俺の安眠はいとも簡単に、最も身近なところから崩された。

「ピイイイイ！」

「ぎゃあああ！　おはよう！　耳のすぐそばで！　元気なおはようありがとうね！」

昨日あれだけはしゃいでいたのに、その前にぐっすり眠っていたおかげなのか、早々に起き出したピイちゃんが、俺をあの手この手で起こしてくれたのだ。

毛布越しに身体をこすりつけ、お腹にダイブし、顔をなめ、鼻を甘噛みし、最終手段は至近距離でのおはようの挨拶だった。

飛び起きた俺を見て、得意げに満足げに、くるくると飛び回るピイちゃんはすごくかわいい。でもこれは大変だ。毎朝のように今のおはようをもらったら、あっという間に難聴になってしまいそうだ。

「完全に目が覚めちゃった……着替えて顔洗おうかな」

今日はいったん村の外には出ずに、ピイちゃんが一日にどれくらい食べて、飲んで、どう過

ごすのかを把握するための日にすると決めていた。

　昨日の食べっぷりを見るに、かなりの食料が必要になりそうな予感がする。食べるものが豊富なラルオ村ではあるけど、場合によっては、明日からの食料調達のペースを上げないといけないかもしれない。一緒に森で過ごすのも楽しそうだけどね。

　それから、食べられないものがないかどうかも見極めておく必要がある。これはピイちゃん自身の感覚に頼るしかないのがちょっと怖いけど。村の外に出なくても、意外とやることは多そうだ。

　いつものように一階に下りていくと、テーブルに肘をついて、ニナがうとうとしていた。厨房の中では、何人かの村人が朝食の用意をしているところだった。

「おはよう、大丈夫?」

「ああノヴァ、おはよ。ありがとう、大丈夫。起きてはみたもののどうしても眠くて、朝の準備は代わってもらっちゃった」

「昨日はすごかったし、大変だったもんね」

　ぐだぐだと挨拶をかわして、準備してもらった朝ごはんを、ふたりでのそのそと盛りつけて席に戻る。もしゃもしゃとサラダを口に運びつつ、ピイちゃんに村を案内するルートを考えてみた。

「とりあえず一周して、近くの畑も回って、ここからここまでが村なんだよって、教えてあげようと思うんだよね」

「うん、ちゃんと紹介できてない人もいるし、顔見せも兼ねてそれでいいんじゃないかな。と
ころで、ピイちゃんは？　まだ寝てるの？」

え、と思わず口から漏れて、辺りを見回す。

いない。一緒に下りてきたはずなのに。

「おっと、お前さんは昨日の子じゃないか。ノヴァかニナは一緒じゃないのか？」

外から聞こえた声に、俺とニナは勢いよく立ち上がる。

農作業の準備をしていた村人の納屋に、ピイちゃんが入ってしまったらしい。中を覗けば、
なんともわくわくした表情でぱたぱたと羽を動かしている。

「こっちおいで。俺から離れないようにしようね」

伝わったのか伝わっていないのか、ピイちゃんは首を傾げてきょとんとするとこちらに近付
き、ふわふわの白い毛を俺にすりつけて、小さく鳴いた。

「この子、まだ知らないことの方が多くて。ごめん、少しずつ教えていくから」

「いやいや、こっちもびっくりして大声出しちまって、悪かったよ」

村人に謝ってその場は事なきを得たものの、この後もピイちゃんは、村のあちらこちらで旺
盛な好奇心をこれでもかと発揮した。

そばにいてねと伝えても、気が付けばふらりといなくなっているし、なにも怖がることなく

色々な場所に飛び込んでいくし、作業中の村人にちょっかいを出してみたり、食べられるものがあれば食べてしまったりした。

そのたびに俺とニナは追いかけて、あちらで謝り、こちらで謝り、これは勝手に食べちゃいけないんだよなどと諭していく。

「なんだかすごい結界まで、村中に張ってもらったんだろ？　そんならこの子は、村の守り神みたいなもんだ。元気で自由にしてくれていいさ」

昨日の夜のことがあるので、ほとんどの村人は、ピイちゃんが伝説のシャイニングドラゴンの子供であることを認識している。当然ながら、ツァイスとソフィが、結界を張っていったこともだ。

でも、それに甘えるわけにはいかない。仮とはいえ、いったんその身を預かっている立場の俺が、きちんとしなくては。


「……っ、疲れた」

「まだお昼前とか、嘘でしょ？　体力ありあまりすぎじゃない？」

結局、朝ごはんの後から午前中いっぱいを、追いかけっことごめんなさい行脚に費やした俺たちは、木陰にごろりと転がっていた。

ピイちゃんは今も畑の上を飛び回っては、くるくると旋回してみたり、色々なところの匂いを嗅いでみたりと忙しそうだ。

「午後はもう少し、村はずれの方に行ってみようか。そっちの方なら、そんなに入っちゃいけない場所とかはないと思うし、作業してる人も少ないから」

「賛成……このペースのまま、丸一日はちょっときついかも。今はまだ、目新しいものが多いからこれだけはしゃいでるんだって信じたい」

異世界特有のもふもふとのんびり過ごして、たまに冒険したりしてきゃっきゃするスローライフは、俺の理想のひとつだ。でも、その裏にこんな体力勝負が待っているとは思わなかった。

そうだよね、実際に生き物と暮らそうと思ったら、言葉が通じないことの方が多いし、大変なことの方が多いよね。

知性のあるドラゴンって言ったって、最初はなにもわからないところからのスタートなんだから。むしろ、生まれたそばから父親のツァイスみたいに「我は腹が減ったぞ」とか艶のある声色でしゃべりだしたら、その方が複雑な気持ちになりそうだしね。

「これも醍醐《だいご》味ってことか……！」

「うん？　ノヴァ、いきなり叫んでどうしたの？」

「いやいや、今日も少しずつ、理想に近付いてるんだなって思ってさ」

そうなの？と聞き返してくるニナの視線は生ぬるかったけど、俺はすでに切り替えている。

「よーし、休憩終わり！　次いってみますか！」

ぐいと身体を起こして立ち上がると、まだくるくると飛び回っているピイちゃんに手を振った。

お昼の休憩と軽食を終えた俺たちは、予定通り、村の中心部から外れた畑の方へやってきた。この辺りになると魔獣除けの柵にも隙間が多くなるけど、昨日のシャイニングドラゴンの百年結界のおかげで、もはや柵はいらなくなっていた。

俺たちを見つけて侵入を試みた毒猪が、見えない壁に弾かれてくったりと気絶するところを、この目でしっかり見たからね。どうやらこの結界、魔獣や魔物だと識別した相手からのなにかしらを、同じ力で跳ね返す効果があるらしい。

俺やニナ、ピイちゃんが通り抜けても、当然ながらなんの反応もなかったし、小石や小枝を投げてみても、跳ね返されたりはしなかった。

「どうやって判別してるんだろう」

「村のみんなとかピイちゃんに、悪意があるかどうか、とか？」

「ううん。それじゃあたとえば、午前中みたいにピイちゃんが自由奔放に動き回って、村人さんの誰かがちょっと怒ったりしたら、その人はどうなるのかな？」

「え！　それはさすがに大丈夫なんじゃない？　大丈夫だって、信じたい……」

少し怖い想像をしつつ、結界があまりに強力だったことで、俺たちは油断してしまったのだ。

ふらりと村の外に出たピイちゃんめがけて、待ち構えていた毒猪が突進してきた。

俺とニナのふたりで連携して、なんとかピイちゃんから引き離して、これを撃退したところまではよかった。

よかったのだけど、例によってその場からピイちゃんの姿が消えていた。

もう少し気を配っていればよかった。結界との境目になるような、村はずれはやめておけばよかった。そもそも、生まれたてのドラゴンを預かったことが間違いだったのでは。

ぐらぐらと揺れる思考をどうにか落ち着かせる。とりあえず無事を確認しなければ、とふたりで村の外へ飛び出して、名前を呼んで捜し回った。

もしかして、生まれた森に戻っていたりするのでは、と明後日の方角に顔を向けたその時、結界の中、村はずれの畑の脇にある小屋の扉が、少しだけ開いているのが目に入った。

「ニナ、あそこって開いてたっけ？　なにが入ってるの？」

「あそこは農具とか、収穫した野菜を一時的に保管して……まさか！」

ニナのまさかは的中した。

絶句する俺たちの目の前に現れたのは、小屋の中に保管されていたであろう野菜を残らず食べ尽くし、お腹いっぱいでうとうとし始めているピイちゃんの姿だった。

「ここって、どれくらいの量が保管されてたのかな？」

「残念ながら、小屋いっぱいに入ってたんじゃないかな」

「まずいよね？」

「そう……ね」

あはははは、はあ。

ふたり分の乾いた笑い声に反応して、ピイちゃんが目を覚ます。

大喜びでこちらに来るかと思いきや、なにやら様子がおかしい。しきりに辺りを見回しては、目をぱちぱちさせている。

声をかけて近寄ろうとしたら、大きくひと声鳴いたかと思うと、俺とニナの間をすり抜けて、猛スピードで外に飛び出していってしまった。

「なになに、どうしたの？」

「また村の外に出ちゃったら大変だ、追いかけよう！」

急いで外に出た俺たちは、改めてぼうぜんとすることになった。

一応、言葉を選ぶのであれば、畑がピイちゃんの落とし物であふれていたのだ。

上下からのそそうを振り撒きながら飛び回るという、トリッキーかつ大変な曲芸をやってのけたピイちゃんは、なにやらすっきりした顔でこちらに戻ってくると、俺の脇に頭をすりつけて甘えてきた。

お腹いっぱいになったし、気持ち悪いのも治ったよと報告してくれているらしい。

「ここの畑ってどちら様のなんだっけ？　謝って許してもらえるといいんだけど……っていう

か、ピイちゃん？　なんか大きくなってない？」

「え、本当だ！　ふた回りくらい大きくなってる！」

今朝まで長めのマフラーサイズだったのに、今は、しっぽまで含めると俺と同じくらいのサイズになっている。

ドラゴンって、一日でこんなに成長するの⁉

この調子だと、数日でとんでもないサイズになっちゃうんじゃない？

あれこれと立て続けに驚きすぎて、頭から湯気が出そうな俺たちをよそに、ひとしきり甘えたピイちゃんは、俺の首にくるりと巻きついた。もはや首だけでは収まらないので、上半身に覆いかぶさっている感じだ。

「意外と重くないし、めっちゃもふもふ！　かわいいね！」

「いいなあ！　じゃなくて、気持ちはわかるけど、現実逃避はそれくらいにしよっか。とりあえず事情を説明して謝らないと。村の畑は誰のっていうわけじゃないんだけど、基本的に全部カティが取りまとめてるから」

「そっか。この時間だとどこにいるかな？」

「どうかな。戻って、誰かに聞いてみるしかないかも」

ふたりで小さくため息をつく。俺に巻きついたピイちゃんは、さっそく寝息を立て始めている。食べ物をどうするか、真剣に考えないとな。

村の食糧を食べ尽くしちゃいました、なんてことになったら、さすがにみんなも怒るだろう。

というか、すでに小屋ひとつ分を食べちゃってるし。

「あらあら、これは大変ですね」

とぼとぼと歩き出した俺たちはすぐに、聞き慣れた声に立ち止まった。ちょうど巡回してきたらしいカティと、数人の村人が、空っぽになった小屋の中を眺めて目を丸くしていたからだ。

「カティ、ごめん。これ、俺の責任なんだ」

「ノヴァの？　ああ、なるほど。なんとなくわかりました」

俺に巻きつくピイちゃんを見て察したらしいカティが、うんうんと頷く。

「ということは、向こうとその向こうの小屋も、ノヴァたちが？」

「え⁉」

「向こうと、その向こう……も？」

驚いた様子の俺とニナに、「あら、違いました？」とカティが首を傾げる。

「ここと同じように小屋が空っぽになっていたので、てっきり同じかと」

「ご、ごめんなさい！」

まさか、そんな短時間に、何カ所も⁉

俺とニナは揃って頭を下げる。いくら食べ物が豊富とはいっても、いくつもの小屋と畑に保管してあった食料をあっという間に食べ尽くしてしまうのはやりすぎだ。

「足りなくなった分は、必ず補填《ほてん》するようにする」

「ピイちゃんにもちゃんと教えていくから。本当にごめんなさい！」

いくら伝説のドラゴンの子供とはいえ、追い出されても仕方ないかもしれない。俺にできることは、真剣に謝って挽回《ばんかい》のチャンスをもらうことだけだ。

チャンスをもらったとしても、この量を一日二日で補填できるとは思えない。それに、ピイちゃんが一食につき小屋三軒分の食料を必要とするなら、どちらにしても相談が必要だ。身体が大きくなっているし、さらにここから食べる量が増えるかもしれない。

頭を下げたまま、しばらくカティたちの返事を待ってみたけど、ひと言もリアクションがない。あまりの呆《あき》れっぷりに、言葉もないとかだったらどうしよう。

「お願いがあります、顔を上げてください」

顔を上げて様子をうかがうか、まだもう少し待つか、迷い始めた頃に、カティがぽつりと呟いた。

「俺にできることなら、なんでもする」

わたしも、とニナもギュッと手に力を込める。

「その前に念のため確認です。これは本当にノヴァが……というか、ピイさんがやったんですね？」

ピイさん……ものすごい違和感だけど、今はそこに突っ込みを入れるのは悪手すぎる。俺は、歪みかけた口元を叱りつけて、むっつりとした顔で頷く。

「ちなみに、ピイさんは眠っているだけですか？　昨日とはちょっと、様子が違っているようですけど」

「ああ、なんだろ。成長期なのかな……でもうん、眠ってるだけだよ。食料の補填だけじゃなくて、もちろん畑も元通りにするよ。だから」

「元通りに？　それは困ります！」

え、と思わず声が漏れた。畑を元通りにされると困るって、どういうことだろう。元通りじゃ、補填にならないほどひどいってこと？

「わかった。それじゃあ、どうすればいい？」

おそるおそる聞いてみる。お願いがあると言ってくれたからには、挽回のチャンスはゼロではないと思いたい。

「他の場所も、いくつかここと同じようにできませんか？」

「うん？　どういう意味で、ここと同じに？」

言葉の意味が理解できず、聞き返してしまう。ニナも首を傾げて、やり取りを見守っている。

「ああ、そうですよね。ちゃんとご説明しないと、いきなりすぎましたよね」

カティは他の村人と顔を見合わせ、なにかを示し合わせてから、俺とニナに向き直った。

「畑の土を確認してみても？」

「もちろん」

カティが頷くと、村人たちが畑にずんずんと進んでいき、土を手ですくって質感を確かめたり、匂いを嗅いでみたり、日に透かして眺めたり、なにやら魔法を唱えたりしてみている。

ただでさえあまり生態を知られていないドラゴンのそそうが、土にどのような影響を及ぼすかなんて、知っている者はまずいないだろう。

たかがそそう、されどそそう。ソソウ・オブ・ザ・伝説のドラゴンともなれば、伝説級の警戒が必要ってことなのかな。そこまで頭が回らず、思考停止していた自分が恥ずかしくなる。

「あの、どうかな？　ニナが先に見てくれて、畑にも小屋にも、毒とかはないはずなんだけど」

やはりそうか、間違いない、とごにょごにょ相談して戻ってきた村人たちは、カティになにかを耳打ちして一歩下がった。

その代わりに、カティが気まずそうに前に出て、こほんと小さく咳払《せき》いをした。

「実はですね、ピイさんが空っぽにしてくださった小屋に保管してあった作物は、どれも毒がついてしまって、食べられないものばかりだったのです」

「え!?　わたし、そんなの聞いてなかったよ!?」

驚いたのはニナだ。村のはずれとはいえ、村でとれた作物が大量に汚染されていたとなれば、本来であれば、被害状況を把握するためにも、まずは毒見のスキルを持つニナに相談があって然るべきだろう。

「そうですよね、ごめんなさい。私も、報告を受けたのが今朝のことで。ニナを捜していたんです。あ、厨房とかに運んだ分は大丈夫ですよ。毒があったのは今のところ、こちら側のいくつかの畑だけですから」

「そうだったんだ……」

「畑がいくつも毒にって、そういうの、結構あるものなの？」

「うん。例の猪のせいでたまにね」

なるほど。毒猪は数が多い上に、討伐もしにくくて、最低限の駆除で切り抜けてきたという話だった。こういう形で、畑に被害が出ることもあるのか。

猪そのものは人を襲ったりもしているから、雑食なんだろうけど。毒のある牙を掲げて突っ込んでくるから、どうしても色んなところが汚染されてしまうんだね。なんて迷惑な。

「あれ、でも待って。それじゃあ、それを食べちゃったピイちゃんは大丈夫なの⁉」

確かにそうだ。俺は今更ながら背筋が冷たくなる気持ちで、ピイちゃんの様子をうかがった。

巻きついた身体は温かく、かといって熱すぎるようなこともなく、寝息も穏やかだ。

そっと頭を撫でてみる。なめらかでふわふわな真っ白の毛に指先が沈み、ピイちゃんが気持ちよさそうに身をよじって、薄目を開けた。

ピイちゃんはきょろきょろとしてからすぐに、おおあくびをひとつして、またすやすやと眠ってしまった。

「なんか、大丈夫そうだね？」

「あれだけの毒を大量に食べてなんともないなんて、すごいな……！」

「シャイニングドラゴンは熱にも冷気にも毒にも強い……まさしく伝説の通りですが、これほどとは」

無事を確かめて、カティも村人たちも、感嘆の声をあげている。

「毒がついたまま土に埋めてしまうわけにもいきませんし、燃やして煙に毒が含まれていたらそれも困ります。かといって洗浄しようにも量が量で、とりあえず無事なものと分けて保管しておいたんです。本当に助かりました」

こちらが謝るはずだったのに、今は反対に頭を下げられてしまっている。食べられもせず、処理にも困っていた毒物を、ピイちゃんがまとめてなんとかしてくれたってことだよね。桶屋クエストにも出ていないし、本当に予想外の展開だった。

「しかも、この土ですよ！」

ピイちゃんの落とし物が混じってしまったであろう、ほくほくの土をぐっと握りしめて、村人がさらにヒートアップする。もはやなにも言うまい。ここは聞きに徹するのだ。

「ニナの毒見でも出てこなかった通り、ここの土に毒はないんだ！　昨日までは、触るだけで肌が焼けそうだったし、つんとした匂いもして大変だったのに！」

「ただ毒が消えただけじゃないぞ。こんなに上質な土は、そうお目にかかれないさ」

伝説のドラゴン、とんでもなかった。

上からもそうしていたから、あまり食べすぎるのは心配ではあるけど、毒にかなりの耐性がある上に、落とし物に浄化作用まであるなんて。なんなら、俺より全然役に立っているじゃないか！

「そんなにすごいんだ……？」

誇らしいやらちょっと情けないやらで、へらりと笑うしかない俺の表情をどう読み取ったのか、カティが前のめりになる。

「本当にすごいんですよ！　そこでお願いに戻るんですけど、ピイさんに負担がかかることでなければ、他の畑も同じようにお願いできませんか？」

「ああ、なるほど」

ようやく繋がった。同じようにしてほしいとは、小屋の中身と畑の浄化をさしていたわけだ。

元通りにしますから、なんて俺が言っても、響くわけがない。元通りとはつまり、毒のある状態に戻してしまうことになるからだ。

「ううん。この子の様子次第で決める感じでいいかな？　大丈夫だとは思うんだけど、畑の方の半分はこの子が吐いちゃったものだから」

「え、吐いちゃってたんですか。えと、もう半分は？」

「あれ、言ってませんでしたっけ？　その、落とし物というか、ね？」

カティをはじめ、土を握りしめていた村人たちが、ぴしりと固まる。見た目も土と混ざってふかふかだし、それらしい匂いもしないので、気付かなくても仕方ない。

「これは、この子の……排泄《はいせつ》物だと？」

「あ、はい。なんかすみません」

なぜだか、やたらとよく響いてしまった俺の声だけが、するりと空気に溶けていった。


カティたちが大興奮で握りしめていた魔法の肥料は、ピイちゃんの排泄物だった。

空気がある程度の固まりを見せはしたものの、動物の排泄物を肥料として使う文化はこの辺りにもあったようで、そうなった流れをきちんと説明したら、一定の理解はしてくれた。

ただ、普通は排泄物をそのまま、即座に肥料として使ったりはできない。

加工処理というか、発酵処理というか、そういう工程が必要なはずで、そのあたりはカティも村人も首をひねるばかりだった。

ピイちゃんはすやすやと寝息を立てている。大量に食べて、大量に吐いて、大量に排泄して、ついでに一日でふた回りも大きくなるのがドラゴンの正常な状態なのか、判断できる者がそもそもいないのは問題かもしれない。

無理に食べさせたりはせず、ピイちゃんのペースにある程度任せようと結論づけて、その場の議論は落ち着いたのだった。

「おかげで、結構な広さの畑がまた使えるようになりましたし、お礼も兼ねて食事でもいかがですか？　食堂より少しだけ、騒がしくなるかもしれませんけど」

カティたちは、それぞれの畑の状態の共有や作物の品質確認を兼ねて、定期的に集まって食事をしているらしい。

というのは建前で、ほとんど宴に近いものらしいけどね。大変な仕事だからこそ、楽しみを忘れないようにしましょうというのが、カティたちの方針なのだそうだ。

「すごいね！　これ、食堂の方でもたまにやってほしいかも。農業班だけでやってるの、ずるい！」

「最初はもう少しこぢんまりとやっていたんですけど、いつの間にかこうなってました」

カティたちについていってみると、村はずれの中ではひときわ大きな家の前にある、ちょっとしたバーベキュー場のような場所に案内された。すでに準備が始まっていて、二十人程度の皆さんが、わいわいと笑いながら料理をしているところだった。

「あっちではお芋とお野菜を中心とした煮込みを、そっちの窯では穀物の粉を使ってパンを焼いています」

「パンに塗ってる黒っぽいの、もうちょっと近くで見てもいい？」

なにやら懐かしい匂いに、俺はふらふらと調理場へ近付いていく。

「果実をたっぷり使って煮込んだソースで、味付けをするんですよ」

　この匂い、色、そしてとろみ……これは、転移前の世界でお世話になった、あのソースに限りなく近いものなのでは？

　穀物の粉、大量の野菜、肉と卵、そしてソースが揃っているとなれば、あれを試すしかないじゃないか！

「ちょっとそこの鉄板、お借りしても？」

「どうぞどうぞ」

「そっか、ノヴァも料理できる人だもんね。なにを作るの？」

「お好み焼き！」

「オコノ・ミヤキ……どんな料理？」

　これだけのものが揃っているのだし、現に焼き上がったパンにソースを塗ったりもしているので、近しいものはもうあるかもしれない。

　それでも俺は、俺の食欲と望郷の念を満たすために、やらねばならない。使命感に駆られて鉄板の前にどんと立った。

　ちなみにピイちゃんは、起こさないようにそっと下ろして、近くの納屋のわらの上でおやすみいただいている。ドラゴンを身体に巻きつけたままじゃ、さすがに調理はできないからね。

「うーん、山芋に代わる感じのがあるとなおいいんだけど……なんかこう、粘り気のある芋とかあったりしない？」

「粘り気ですか？　あるにはありますけど、あちらの煮込みの方で使っています。焼いてだと、あまり好んで食べる人はいないかもしれません」

「おお！　あるならぜひ、試しに使わせて！」

カティにはやんわりと難色を示されてしまったけど、うまくいけばふわふわのお好み焼きができるかもしれない。

失敗したらそれはそれ。栄養をまとめてとるために、勇者パーティーの野営ではこういう風にするのがお決まりだったとかなんとか、それらしい理由をつけてごまかしてしまおう。

水と粉、山芋代わりの芋、卵、キャベツ代わりのしゃきしゃき葉物を投入して混ぜ合わせていく。粉をふるえるとなおよかったけど、とりあえずよしとしよう。

すでに準備万端に熱せられている鉄板に、村でよく使っているというあっさりした植物油をのばしてから、生地を流し入れてまあるく形を整える。

「お芋は直接焼くのではなくて、水と粉と卵で生地にしたんですね。ありそうでなかった感じ……おもしろいです」

カティとニナが興味津々で覗き込み、それにつられて村人たちも集まってくる。なんだか、ちょっとした実演販売のようになってきてしまった。

「さて、そろそろだね」

両手に金属製のへらを構えて、集中する。

いい感じのへらが揃っていたのは嬉しいね。というかこのラルオ村、豊富な食材のおかげなのか、やたらと調理器具とか調味料が揃っている気がする。食への探求心が貪欲というか、どことなく懐かしい気持ちになるというか。

薄切りにした肉を生地にのっけてから、片面がいい感じに焼けてきたお好み焼きをくるりとひっくり返した。

おお、と村人の皆さんが嬉しいリアクションをしてくれる。昔から、こういうの得意だったんだよね。

芋や葉物の量はお好みでとか、実演販売っぽくしゃべりつつ、ほどよく火が通ってきたところで、もう一度ひっくり返す。肉にもしっかり火が通っていい感じだ。

「ここで先ほどのソースを取り出し、たっぷりと塗っていきます！」

完全に調子に乗った俺は、口調もそれらしくなってきて、自分が持ってきたものでもないのに、見せびらかすようにソースを皆さんに見えるように掲げてから、大袈裟な動きで塗りたくっていく。

これこれ、ソースの香ばしい匂い！　個人的には同じ量のマヨネーズも塗りつけたいところだけど、異世界マヨネーズは今の俺にはハードルが高い。

「これで完成！　お試しだからとりあえず一枚だけだけど、食べてみて。熱いから気を付けてね」

「わたし、食べてみたい！」

「それじゃあ私もいただきますね」

へらで切り分けたひと切れずつを、ニナとカティが口に運ぶ。

俺と他の村人が固唾《かたず》をのんで見守る中、ふたりの目がみるみるうちにきらきらと輝いていく。

「美味しい！」

「いいですね、これ！」

よかった、お好み焼きの正義が伝わった！

「これが合うなら、上にあれをまぶしてみてもいいかも？　ちょっと待ってて！」

「お肉がいけるなら、川でとれる小エビでも美味しいかもしれませんね！」

ニナが青のりのようなものを持ってきてふりかけ、カティがあっという間に海鮮焼きを考案し、食卓はお好み焼きの改良で大いに盛り上がることになった。

そもそもが、生地を混ぜて焼いてひっくり返して、のお手軽料理なので、村人の皆さんもすぐに焼き方を覚えて、あれはどうだこれはどうかと次々と創作お好み焼きが爆誕していく。

仕込み中だった煮込みもすごく美味しかったし、地産地消の真髄を見せてもらった。

「いやあ美味しかった、お腹いっぱい」

「ノヴァ、ニナも、今日はありがとうございました。また今度、違う料理も教えてくださいね」

食べた分は、自分たちですぐに片付ける。

朝でも夜でも食堂でなくても、それは同じだ。腹ごなしに洗い場で手を動かしながら、俺たちは並んでしゃべっていた。他の村人たちも、それぞれ片付けに取りかかっている。

「こちらこそ。同じお好み焼きでも、人それぞれで発想も焼き加減も違って、おもしろかったよ！」

「今日のお好み焼きは、みんなで作ってわいわい食べられますし、お祭りに取り入れてもいいかもしれませんね」

「そうだね！　ってそうだった、ピイちゃんのことがあったから、結局お祭り用の食材集め、あんまり進められてないよね」

「ちらっとは聞いたけど、どんなお祭りなの？」

伝統的なお祭りみたいだけど、お好み焼きを取り入れる話をしているくらいだから、きちんとしたところと、ゆるいところのバランスを上手に分けていそうな気がする。

「山と森の神様に一年間の恵みを感謝して、来年もよろしくお願いしますって気持ちを伝えるお祭りなんだよ。かがり火を焚いて、古くから伝わる舞をその年ごとに選ばれた踊り子が踊って、お供え物をするんだ」

「その後は、普段より少しだけいいものを食べたり、歌ったり踊ったりしてひと晩過ごすんですよ。というかニナ、今年の踊り子でしたよね。お稽古の時間、取れていますか？」

「うわ……全然できてない。もう一カ月半切ってるし、そろそろきちんとやらないとだね」

お祭りの話をするふたりは、すごく楽しそうだ。思わず俺も、温かい気持ちになってくる。

「いいね、そういうの。食材集めはもちろんだけど、他に手伝えることってあるかな？　正直に言うと、最初は自分のためっていうか……いい感じに自然のあるところで、のんびり暮らせればそれでいいやって感じだったんだけどさ。まだ出会って日は浅いけど、みんなと色んな話をしたり、ピイちゃんとのことがあったりして、本当にここが好きになってきてるんだよね」

「ちょっとわかる。最初の頃のノヴァって、どこか他人事《ひとごと》って雰囲気あったもんね。あ、それが悪いってわけじゃないよ。いきなり当事者として考えるのはわたしでも無理だと思うし」

へらりとニナに笑みを返す。

その土地に根づいて暮らしていくことを、ふわっとしか想像できていなかった俺に、根気強く色々と教えてくれたのはニナやカティ、村のみんなだ。

部外者として旅人気分でお祭りを眺めるより、入れてもらえるのならだけど、しっかり輪の中に入りたい。

「そうだ。それじゃあノヴァにも踊り子やってもらえばいいんじゃない？」

「え。興味はあるけど、大丈夫なの？　神様に感謝を捧げる伝統的な踊りなんでしょ？　俺がいきなり入っていいのかな」

「大丈夫ですよ。むしろ、新参者は挨拶の意味も兼ねて、踊り子をやることが多いですし」

「そういうものなの？」

「ええ。もちろん無理強いするものではないですし、お稽古は厳しいですから、やる気と体力がついていければ、ですけどね」

カティの含み笑いは、俺のやる気を煽るには十分だった。

この世界では、自分から動かなければなにも起きないし、なにも変わらない。反対に、動いてみれば動いた分だけ、なにかが残るし、ついてくる。それは、勇者パーティーにいた三年間でも、十分すぎるほど体験してきた。

「やってみたい！　どうしたらいいのかな、ランドに頼んでみればいい？」

「そうだね。それじゃあ、今日はもう遅いから明日、一緒に頼んでみる？」

「うん、ぜひ！」

「お好み焼き以外にも、よさそうなお料理とか、みんなで楽しめるなにかとか、素敵な提案があればどんどんお願いしますね。伝統は大切ですけど、堅苦しいだけじゃ疲れてしまいますから、お祭りの改革は力を入れていきたいんです！」

「わかった、考えてみるよ」

軽い気持ちで引き受けたこの話が、とんでもない大事になるなんて、この時の俺は知る由もなかった。

第六章　桶屋は、お祭り行事が大好きらしい

「いいぞ、ノヴァも踊り子で頼むわ。稽古はいつも夜にやってる。強制じゃないが、まあ出ておく方がいいだろうな」

翌日、少し緊張気味に相談にいくと、確かにそうだよな、と思い出したように、ランドはあっさりと許可をくれた。だから言ったでしょ、とニナが得意そうにする。

結構な覚悟を決めて直談判しにきたのに、あっさりしすぎていて拍子抜けだ。

「踊りの経験はあるのか？」

「ないよ」

正確には、転移前の学校の授業として、体育でやったことはある。でもそれを経験としてカウントしていいかは、微妙だ。

こっちに来てからは、身体を動かさざるをえないことばかりで、いつの間にか筋力も体力もついてくれたけど、それまではどちらかといえば、運動は苦手な方だった。

まさか、自分から祭りで踊りたいなんて言い出すことになるなんて、人生ってわからないね。

「そりゃあいいな！」

「え、経験ないのがいいの？」

「おお、やる気のあるやつは大歓迎だからな。経験値だけで気の抜けた踊りをやるやつより、必死に気合入れてやってくれた方が、神様も喜ぶってもんさ」

経験値のある人が、必死に気合を入れてやってくれるのが一番なのでは？

喉まで出かかったひと言を飲み込む。自分のハードルを上げた上、場の雰囲気を壊す発言になってしまうところだった。

「そういや、祭り全体の流れや準備についても、お前さんに説明できてなかったよな」

ラルオの火祭りは、村の中心にどっしりと構える美少女の像、初代村長の時代から今に至るまで続く、伝統的なお祭りなのだという。

最初は火を焚いて儀式的なお祈りと舞をやるだけだったとか、踊りの振りつけは初代村長が考えたものがベースになっているとか、諸説はあるらしいけど、かなり昔から、炎と舞がセットになっているようだ。

「まあ、祭りのルーツが気になるなら、調べてるやつも何人かいるから、話を聞いてみるといい。とりあえず大事なのは、まったく新しい、村全体がひとつになって盛り上がれるような、新しい風なんだ」

「え。あれ？　そんな話だったっけ……？」

カティもそんな話をしてはいたけど、ランドまで真剣な顔で人差し指を立てるものだから、混乱してきた。

「かがり火を焚いて、舞を踊る。それはいい。いいんだが、問題はその後だ」

「いつもより少しいいものを食べて、歌って踊ってみんなでお祝いするんでしょ？　すごく楽しそうじゃない？」

「そうなんだが、このあたりで新しいなにかが欲しいんだよな。ノヴァ、世界中を勇者様と一緒に見て回ってきたお前さんなら、なにかないか？」

「ううん、どうだろう」

勇者パーティーにいたことと、王都を追放になったことは、一応は話してある。追放と聞いて拒否反応のある人もいるかもしれないし、黙っているのはなんだかうしろめたかったからだ。

結果はご覧の通りで、むしろ色々と頼られるようになってしまった。

レア食材や素材をどんどん持ってくる、シャイニングドラゴンの孵化に立ち会って懐かれる、親ドラゴンに真正面から物申す、知らない料理を教えてくれる……なるほど、勇者パーティーにいたのも本当かもしれないな、という認識らしい。

「まあ今すぐでなくていいし、無理にひねり出すもんでもないからな。頭の片隅にでも、置いといてくれ。まずは舞をそれらしくやれるようになるところからだな」

「ノヴァ、一緒に頑張ろうね！」

それからは、輪をかけて忙しい日が続くことになった。

かがり火に仕込むお香代わりの木の実や、踊りの衣装に使う装飾品や化粧用の素材、お祭り全体を飾りつけるための素材などなど、プラスアルファで集めてくるものが盛りだくさんだし、夜には舞の稽古も始まった。

村の中が結界で安全になって、育てられる作物が増えそうだからと、畑についてもカティから相談されているし、初日ほどではないにしろ、自由気ままにふるまうピイちゃんからも、目は離せない。

特に、舞の稽古は想像以上に大変だった。

今回の代表は十人で、基本的には動きを揃えて、伝統的なリズムに合わせて舞うことになっている。

その、基本的な動きを一から覚えるのがまず大変だし、ついでにソロパートまであったのだ。

「ど、どうしよう。なにも思いつかない……」

ピイちゃんが、きょとんとして首を傾げる。

みんなでお祭りをやって、伝統的な舞に参加させてもらえたら、楽しそう！

そこまでしか考えていなかった俺は、素材集めの途中でたまたま見つけた洞窟で、がっくりと肩を落としていた。

稽古が始まってからというもの、俺は普段の作業の途中でも、このひっそりとした洞窟で個人練習をやっていた。人工的なものなのか、天然のものなのかはわからないけど、ホールみたいなちょっとした空間があって、空気も澄んでいて集中できるんだよね。

夜の稽古と合わせてみっちり練習してきたおかげで、ぎこちないながらも、基本的な動きはだいぶ覚えてきたと思う。でも、創作ダンスが入るなんて。

ランドは新しいなにかを取り入れることにかなりこだわっているようで、今すぐでなくていいし無理にひねり出すものでもないと言っておきながら、その後すぐに、ひとりずつの見せ場でも作ってみるか、と手を叩いた。

伝統的な踊りなのに構成を変えちゃっていいんだっけ、とやんわり反論はしてみたものの、新たな伝統がここから始まるんだ、とすっかり乗り気で、強引に押し切られてしまった。

芸術的なセンスは、自慢じゃないけどまったく自信がないし、触れてこなかった分野だ。かといって、基本の動きのままで場を繋ぐのは残念すぎる。

「めちゃくちゃ楽しみだし、頑張りたいけど、どうすれば……！」

——チリン！

夢に見るほど悩んでいた俺を見かねたのか、桶屋クエストの鈴が鳴った。

お題目は、『異世界の風をさわやかな汗に乗せて吹かせれば、村の文明レベルが段違いに上がる』だ。俺はううんと首をひねる。結局どういうこと？

お祭りを成功させると、村にとってかなりいいことがありそうなのは確かなのだけど、抽象的すぎる。

「おお⁉」

腕組みをしてスキルウインドウを凝視していると、立て続けに、桶屋クエストがメインのツリーにぶら下がる。

『異世界の風をさわやかな汗に乗せて吹かせれば、村の文明レベルが段違いに上がる』
「『村伝統の舞を成功させよう』
「振りつけを完璧に覚えよう
「ソロの振りつけを完璧に覚えよう
「舞全体で七十七コンボを成功させよう
「伝説のドラゴンとコラボしよう
……
「『異世界の知識をもとに、新しいイベントを祭りに取り入れよう』
……

舞関連のクエストが並び、別の括《くく》りで、異世界の知識をもとに、新しいイベントを祭りに取り入れよう、とある。
最後のは、カティとランドが言っていたなにか新しい風を……みたいなやつかな。真剣に考えてみた方がいいのかも。

それより問題は、振りつけだのコンボだのと並んでいる、舞関連の方だ。ソロの振りつけを覚えようって言われても、それが思いつかないから苦労してるのに。

そう考えた途端、スキルウインドウが手元から勝手に動き、俺の全身より大きなサイズにぐんと広がった。

「は？　え？　なにこれ？」

予想外かつ初めての動きに思考停止している間に、スキルウインドウには、人のような影が浮かび上がる。怪しい人影が現れても、咄嗟に飛びのいたりしなかったのは、耳慣れたリズムが聴こえてきたからだ。

「え、舞の……お手本ってこと？」

立ち尽くして眺めてしまった俺の前で、スキルウインドウの中の怪しい人影が、完璧な舞を披露してみせる。

ひとつの振りごとにミスの表示が浮かぶそれは、まさしくリズムゲームそのものだった。すべてミスなのはもちろん、俺が立ち尽くして眺めているからだ。

「これをお手本に、舞えってこと？」

よく見れば、怪しい人影は俺にそっくりだ。つまりこの人影は、俺が完璧に振りつけを覚えた状態の、お手本ということらしい。

流麗な舞が、いよいよソロに差しかかる。

ダイナミックなリズムで、手足をさらりと伸ばしては曲げるその姿は、とても俺のものとは思えない。これができたら、きっとものすごく楽しいだろうし、祭りも盛り上がる。

なんとかモノにしたい。食い入るように見つめる中、ソロパートはいよいよ最後の見せ場に入った。

シルエットの俺は、飛び跳ねてはくるくると身体を回転させ、立て続けにバク転やら側転やらをキメた上に、文字通り空へと舞い上がってみせた。

空中で何度か旋回してから戻ってきた俺は、残りの舞を完璧に踊りきり、最後のポージングをしっかりとやってのけた。

すごい。すごすぎる。俺は、シルエットの俺に惜しみない拍手を送った。それから、すんと冷静になった。

「いや、普通に無理では？」

等身大に拡張されたスキルウインドウが、きらりと光る。

スキルウインドウの中にいる俺のシルエットに合わせて、大きく両手を広げる。滴り落ちる汗を気にもせず、俺は一心不乱にリズムを刻み続けた。

「わ、ちゃ、いや、無理だってば！　なんでそこで飛ん……人間の動きじゃないって！　あああ……七十五コンボまできてたのに」

新しい桶屋クエストが、これでもかと出てきてからというもの、俺は前にも増して個人練習に励むようになった。雨の日も風の日も、洞窟の中なら関係ないし、練習を見られて恥ずかしさに凹《へこ》んだりもしない。

「ぜえ、はあ。あと二週間しかないのに、どうやってもソロができない……なにこれ、無理すぎない？」

通常モードの舞であれば、コンボを繋げられるようになってきた。コンボを繋ぐには、完璧に近い振りとタイミングで舞う必要がある。

ゲーム感覚で練習できたおかげで、目に見えて上達した自覚はある。一緒に踊るニナや、稽古をやっているみんなにも驚いてもらえているし、自己満足ではないと信じたい。

それでも、ソロだけはどうしてもダメだ。今の身体能力なら、バク転も側転も、調子がいい時はなんとかなる。ただし、そこからのテンポが上がりすぎてリズムがずれてしまうのだ。

極めつきは、その後にやってくる、まるで浮いているかのような跳躍と空中移動だ。

木のつるかなにかを仕込んでおいて、ワイヤーアクションでもキメるしかなさそうな、人間離れした動きなのだ。

とりあえずは、シルエットに似たポージングで、地上を駆け回る感じで寄せているけど、判定はミスの連発だ。一回だけ、シルエットに合わせてジャンプしてみたら、その時だけ当たりの判定が出たから、高さも重要らしい。実に困った。

「こっちもわからないし、このままじゃ失敗になっちゃうよ……」

伝説のドラゴン……ピイちゃんとのコラボを促すのと、新しいイベントを祭りに取り入れる方に至っては、手つかずになっている。

「ピイちゃんも一緒に踊ってくれてるんだけど、クリア判定になってくれないんだよね」

俺の舞が上達していくにつれ、見守ってくれているピイちゃんのテンションも上がってきて、俺の動きを真似《まね》するように空中でくるくると飛び回ってくれるようになった。

ピイちゃんのサイズは、毒の作物をたくさん食べて急成長したあの日からほとんど変わっていない。あのペースでぐんぐん大きくなったらどうしようかと思っていたけど、なにか成長のタイミングとかきっかけがあるのかもしれない。相変わらず食欲は旺盛だし、調子もよさそうだからあまり心配しなくてもいいのかな。

俺の動きに一生懸命合わせようとしてくれる姿はとってもかわいいし、俺としては完全にコラボ成功なのだけど、桶屋クエストはお気に召さないらしい。

「本番で一緒に踊ってくれたら、クリアになるのかな。なにか違う気がするんだよな、うーん」

腕組みをして、こつんと洞窟の壁に頭を預けた。

まだ飛び回っているピイちゃんは、まるで俺の代わりに練習してくれているみたいだ。うんうん唸って、考えてみても答えは出ない。ピイちゃんが実践してくれている通り、できるだけの練習をしておくしかないよね。

少し前向きになれた気がして、壁から頭を離す。

「よし、戻って荷物を整理したら、夜の稽古だね……って、ピイちゃん、それ大丈夫？」

よく見ると、ピイちゃんは旋回しすぎて目を回したのか、スピードに乗ったまま、ふらふらと飛び回っている。

危ない、と思う間もなく、洞窟の壁に激突しそうになったピイちゃんは、どうにか後ろ足で壁を蹴って、難を逃れた。

壁の一部が、ガラガラと音を立てて崩れてしまい、慌てて頭を守る。

「大丈夫⁉　って、なんだろこれ……ボール？」

崩れた壁の破片に交じって、サッカーボールくらいの大きさのボールが落ちてきた。両手で持ってみると、適度なやわらかさ、適度な軽さで、引っ張ると適度に伸びる。ついでに、紫色に淡く光っていた。

ゴムとも違うし、もちろん金属でもない。スライムというほどにはやわらかくないし、壁から出てきたといっても、岩や土とも違う。念のため、入念に触ったり顔を近付けて鼓動が聞こえてきたりしないか確認してみたけど、多分、卵の類でもない。

「癖になる質感だけど、謎素材だね……いや、本当になんだこれ」

崩れた壁に目を凝らしても、ボールが落ちてきたところ以外は、岩肌が広がっているだけだ。

気になったのか、ピイちゃんがやってきて、鼻先でツンツンとボールをつつく。つつかれたボールは、淡い紫色の光に少しだけ青を混ぜて明滅している。わあ、とっても綺麗だね。

「じゃなくて、大丈夫かな。この感じ、魔力に反応してそうだよね」

でもこれ、ちょっといいかも。

片手で掴んで、何度か弾ませてみる。やわらかいから片手で掴めるし、弾力があるからよく弾む。原理はわからないけど、淡く光っているから夜でもよく見えそうだ。

異世界の知識をもとに、新しいイベントを祭りに取り入れよう、という桶屋クエストを思い出す。

この謎ボールを使って、球技大会ができないかな？

得体の知れない謎の球を、いきなり採用しようなんてどうかしているかもしれないけど、悪い魔力は感じないし、ピイちゃんも警戒していないから、大丈夫な気がする。それに、桶屋クエストが大量に出てきて、舞の個人練習もやっているこの場所で、急に出てきたアイテムだ。きっと、なにか意味があるんじゃないかな。

「大きさ的にはサッカーだけど、ルールがうろ覚えだし、みんなで練習するには時間がないよね。キックベース？　ううん、野球とかもあんまり詳しくないんだよね。バスケとかバレーも……厳しいか」

ボールがあるなら球技大会かな、と思いつきはしたものの、スポーツは学校の体育でかじった程度で、運動部に入っていたわけじゃないんだよね。

このボールは置いておいて、リレーとかにしちゃう？

いや、それも違う気がする。

ある程度、誰でもできて、練習があんまりいらなくて、みんなで楽しめる球技か。うんうんと唸った俺は、ふと思いつく。

「そうだ、ドッジボールすればいいんじゃない？」

ドッジボールにしても、専門的なルールを細かく知っているわけじゃないけど、ノーバウンドで当たったらアウトになって、外野に回る感じだよね。他の球技より、全員が初心者でも楽しみやすい気がする。

試しにある程度の距離を取って、ピイちゃんと向かい合う。投げるよと合図をしてから、ほとんど勢いをつけずに、ゆるゆるの球を放る。ピイちゃんはそれを、しっぽで上手にはたいて返してくれた。

戻ってきたボールを両手でキャッチして、今度は壁に向き直って、ちゃんと振りかぶって思い切り投げてみる。

回転のかかったボールは勢いよく飛んでいき、小気味いい音を立てて、洞窟の壁に跳ね返って戻ってきた。それを、あえてキャッチせず身体で受ける。

「うん、ぜんぜん痛くない！」

よし、決めた。ランドとカティに、ドッジボール大会を提案してみよう。そもそもこっちの世界はスポーツ自体があんまりないし、うまくいったら、日常的にもいい娯楽になるかもしれない。

そうと決まったら、さっそく戻って話してみなくちゃ。

そうだ、せっかくのお祭りだし、サイラスたちも遊びにこられたりしないかな。

残り二週間で、手紙を書いて、一番近い町から届けてもらって、サイラスたちが受け取ってから移動して、だと間に合わないかもしれない。でもとりあえず、落ち着いたら手紙くらいは出しなさいよとクレアにも言われているし、約束は守っておきたいよね。

王都を出てから結構日が経っちゃったし、無事なのも伝えておきたいし。やっぱり手紙、書いておこう。

「やば、外が暗くなってきちゃった。戻らなきゃ！」

練習に精を出しすぎたのと、ボールを見つけたのと、考え事までしたせいで、すっかり遅くなってしまった。ちょっと熱中しすぎちゃったけど、これでお祭りが成功に近付くといいな。

俺は、荷物とボールをまとめて、大急ぎで洞窟を飛び出した。

◇◇◇

クレアとディディの持ってきた大ニュースに、僕たちはパーティーみんなで王城の一室に集まっていた。

「あれだけ捜しても見つからなかったのに、まさかノヴァっちの方から手紙をもらえるなんてね！」

「ね？　約束しておけば、ノヴァくんはちゃんと守るんだから」

クレアが胸を張り、ディディがいそいそと手紙の封を解く。

「それで、ノヴァはなんだって？　元気にはしているのか？」

僕もつい気が急《せ》いてしまって、ディディが広げた手紙を覗き込む。

「ジルゴ大森林のラルオ村か。大森林は有名だけど、あんなところに村があったんだね」

「宿屋食堂？の二階に居候してるんだって。よくわかんないけど、ノヴァっちらしいよね。いつの間にか周りのみんなと仲良くなって溶け込んでる感じとか！」

「……元気にしているならいい」

ディディとバスクの言葉に、大きく首を縦に振る。

ノヴァはいつだってそうだ。窮地に陥ったと思っても、いつの間にかうまくやっている。

羨ましいと言ったら、ノヴァは怒るだろうか。僕はいつだって、隣でノヴァを見てきた。酒場のカウンターで隣に座ったあの時からずっと。いつの間にかといっても、なにもしていないわけじゃない。なにができるかを考え、スキルの力も借りながら前を向いてきた。だからこそ、戦う力という意味では突出していないノヴァでも、一緒に旅を続けてこられたのだ。

「ドラゴンと友達になって、村祭りの代表として踊ることになったんだって。相変わらずわけわかんないね」

わけわかんないと言いながら、クレアは嬉しそうだ。僕も嬉しい。ノヴァが想像以上に元気にしていて、こうして手紙を寄越してくれているのだから。

「わ、よかったらそのお祭りに遊びにこないかって！」

「いいじゃないか。しばらくは急な仕事もないだろうし、遊びにいってみるか。日にちはいつなんだ？」

「待ってね、えーと……んんん⁉　あはは、三日後の夕方からみたい」

「三日後⁉　ジルゴの大森林の奥地なんだろ⁉　今日中に発《た》って、間に合うかどうかじゃないか！」

さすがに急すぎる。

どうしようかと考えて、三人の顔を見回す。

言うまでもなく、ディディはすでに行く気満々のようだし、クレアも乗り気だ。

「……行こう」

「はは、そうだな。よし、そうと決まればさっそく準備して北門に集合だ！　念のため、城の誰かに声をかけておこうか」

四人でわいわいと部屋を出たところで、大臣にぶつかりそうになる。

「すみません、大丈夫ですか？」

「おお、勇者殿！」

「ちょうどよかった。僕たちこれから、数日ほど留守にしようと思って、ご報告に」

「なんと……ご予定があるところ申し訳ないのですが、どうか謁見の間にお越しください！　緊急事態でして、勇者殿を捜していたのです！」

これは、残念ながらノヴァとの再会はお預けかもしれないな。

改めて見れば、大臣の顔は真っ青だ。よほど緊急の用件らしい。

あからさまに不機嫌そうな顔をするクレアと、しょんぼりしているディディを説得して、謁見の間へと向かった。

「それで、なにがあったのですか？」

謁見の間は、重苦しい雰囲気に包まれていた。

きらきらと輝くシャンデリアも、ふかふかの絨毯《じゅうたん》も、心なしか色褪《あ》せて見える。

せっかく陛下の暗殺をもくろむ一派の件が片付いて、今度こそ穏やかな時間がやってきたと思ったのに。なかなか、ままならないものだ。

ちらりと陛下の様子をうかがってみる。

陛下は、どう切り出すべきかを思案されているのか、目を閉じて唇を引き結んでいた。先日の、ノヴァを捜し出し、改めて英雄として迎え入れたいとおっしゃっていた晴れやかなお顔は、見る影もない。大臣と同じく、心配になるほど顔色がすぐれない。

「陛下、勇者殿が困っておられます。よろしければ、私からお話ししましょうか？」

「……うむ」

助け舟を出したのは、召喚士兼予言者の女性、エマさんだ。ノヴァの召喚を行ったのも彼女だという話だし、ダークドラゴンの出現地点を言い当てたのも彼女だ。ユニークスキルなのだろうけど、優秀なのは確かだ。

「過去に失われた、超文明があることは勇者殿もご存じですよね？」

「はい、今よりはるかに高度な魔法をベースにした、古代文明のことですね」

「その頃の遺物、破壊の魔導ゴーレムが、復活するとの神託が下ったのです」

「破壊の……というと？」

「かの時代にも、今とは別の強大な魔物や、魔王と呼ばれる存在がありました。それらを討伐するための切り札として、当時の国家が研究の中心となって生み出されたのだとか」

「うむ。一時期は研究も盛んで、いくつもの試作品が活発に生み出された記録がある。しかしどの文献を見ても、魔導ゴーレムが古代の魔物や魔王を討伐した記録はない。どこかで研究は中止となり、封印されたのだろうな」

「なぜ、今になってそんなものが」

「わからん……しかし、封印が解かれれば、迅速に討伐するしかあるまい」

陛下がぎりと歯を食いしばって、低い声で言う。

「対話は、不可能なのでしょうか？」

破壊のと名付けられているからといって、なにも考えずにぶつかるのは、得策ではないように思えた。えてして、古代文明にかかわる逸話は、そのほとんどが大幅に脚色されている。

平和的に解決できれば、それに越したことはない。

そう思ったのだけれど、エマさんは暗い顔になった。

「現時点ではわかりません。ゴーレムのマスターに選ばれる者にもよるでしょう。マスターとは、ゴーレムの主人となる者の称号。古代の遺物ですから絶対とは言い切れませんが、選ばれた者はゴーレムを制御できるはずです」

「破壊を望まない者が、マスターとなればよいのですね？」

頷きながら、エマさんは「ただし、最悪なのは」とひとつ間を置いた。

「マスターとなる者が選ばれないまま、封印だけが解かれた場合です。そうなれば、ゴーレムは制御不能のまま、暴れ回るでしょう」

「調べさせた文献には、島ひとつ分ほどの巨大なゴーレムが、マスター不在のまま破壊の限りを尽くしたというものもあった。どうやったのかは知らぬが、その時は大変な犠牲の上に討伐し、封印を施したようだがな」

しんと場が静まり返る。

島ひとつ分……いくらか脚色はされているにしても、かなりの大きさだったのだろう。

「封印が解ける前にゴーレムを見つけ出し、マスターとなってしまうか、再度の封印を施せるとよいのですが……封印に関しても、術式が確立しているわけではなく、難しいかもしれません。また、マスターが選ばれる方法も、わかっていないのです」

なるほど。陛下が真っ先に討伐を口にされたのは、このあたりが理由に違いない。

封印の方法も、ゴーレムを制御するためのマスターとなる方法もわからないのでは、エマさんの言う最悪の事態を回避するために、先に叩いてしまうべきと考えるのも、わからなくはない。

それにもし、誰かがゴーレムのマスターになれたとしても、そこには大きな責任と危険が伴うだろう。各国から狙われかねないし、そもそもゴーレムをどこまで制御できるのか、そのためにどんな代償があるのかなど、すべてが未知数だ。

「とにかく、まずは復活の前に見つけ出すしかなさそうですね。なにか手がかりはあるのでしょうか？」

エマさんが、言いにくそうに目を泳がせる。もしかしたら、復活するとの話だけで、詳細は見えていないのかもしれない。だとすれば、僕たちに命じられるのは、国中を駆け回ってゴーレムを捜すことか。

「私の授かった神託では、復活は三日後……ヒントとなりそうな単語は、ラルオという三文字だけでした。それが地名なのか、町や村の名前なのか、他のなにかを意味するのか、なにもわかっていません」

「三日で、手がかりもほぼないに等しい……無理を言って申し訳ないが、どうかできる限り、力を貸してくれぬか」

　深刻そうな顔の陛下やエマさんとは別の意味で、僕たちはぽかんとしてしまっていた。

「三日後にラルオ、とおっしゃいましたか？」

「うむ……国にある地図を調べさせたが、載っておらぬ。そもそも、地図には記せていない小さな村も多い。地名などではないのかもしれぬ。だとすればいったい……！」

　僕はパーティーの三人と顔を見合わせる。どう考えても、間違いない。

「そこ、場所わかるので行ってきます。ジルゴの大森林の奥にある、小さな村らしいです」

「雲を掴むような話で申し訳ないが……んんんん⁉」

「ラルオがなにを意味するのか、ご存じなのですか⁉」

「あ、はい」

　あっさりと頷いた僕たちに、陛下やエマさんが目を見開いた。

「さ、さすがは勇者殿よ！　そうとわかればすぐにでも向かってくれ！　三日後なら、今日のうちに発てば間に合うかもしれん！　わが騎士団の誇る早馬を四頭、準備させよう」

「実はですね……ノヴァがその、ラルオ村にいるらしいのです」

「なんと⁉　いったいどうして⁉」

「三日後の夜に、村祭りの代表として、踊るみたいなんですよ」

しれっとクレアが口を出す。陛下はなおさら混乱した様子で、頭を抱えてしまった。

「話がまったく見えんぞ……破壊のゴーレムが復活する村で、ノヴァ殿が踊る⁉」

「もしやノヴァ殿は、ゴーレムの復活をご存じで、いちはやく潜入されているのではありませんか⁉」

エマさんがきらきらした視線を向けてくるけれど、おそらくそうではないだろう。僕は小さく首を横に振る。

「ノヴァから手紙があったのです。今はラルオ村で楽しくやっていると。三日後に祭りがあって、そこで踊るからよかったら遊びにこないかと」

「では、ノヴァ殿は本当になにも知らずに、勇者殿をゴーレム復活の地に、ちょうど復活に近しいタイミングで呼ぼうとしていたというのか⁉　そんなことが……！」

ええ、陛下。僕もまったく同じ気持ちです。

僕はついさっき、ノヴァを羨ましいと思ったけれど、ここまでくると逆に怖い。

なにか大きな流れが、ノヴァの味方をしているとしか思えないじゃないか。

「でもそうなると、ノヴァくんってば、本当に危ないいんじゃやない？　なにも知らないってことは、無警戒で、踊りの練習とかしちゃってるわけでしょう？　破壊のゴーレムが眠る真上とかで」

　クレアの言葉に、その場にいる全員の顔が引きつる。

「なんとかして、伝えられないのか⁉」

「今から手紙を返すよりは、現地に行っちゃう方が早いんじゃない？」

「どっちにしても行くつもりだったし、行こうよ！　ノヴァっちを助けなきゃ」

「……急ごう」

　四人で力強く頷き、陛下に向き直る。

「すぐに準備を整え、ラルオへ向かいます。先ほどの早馬をお貸しいただける件、お願いしてもよろしいですか？」

「無論だ。わしもすぐに準備しよう」

「あの、陛下も……ですか？」

　早馬の手配に大臣が急ぎ足で謁見の間を出ていく中、僕は陛下のひと言に面食らってしまった。

「行方がわかり次第、ノヴァ殿に会いに行こうと思っておった」

「陛下、お言葉ですが、危険すぎます」

「頼む勇者殿。国の一大事に、救国の、そして個人的にも命の恩人であるノヴァ殿がその場にいる。もちろん、ラルオの村に暮らす者たちもおるのだろう？　民こそが国の宝……それらを放ってここで座しているなど、なにが王か！　騎士団の精鋭を連れていくゆえ、道中の迷惑はかけぬし、ラルオではけっして前には出ず、村の者たちの避難誘導に徹することを約束しよう」

民こそが国の宝……それには僕も同意見だ。

だからこそ、民を導く王には、王都で有事に備えていてほしい。

しかし、陛下の意志は、僕がなにを言っても揺らぎそうにないくらい固い。

ここで議論をしていたずらに時間を使うのは、得策ではないか。仕方ない。

「……わかりました」

「おお、それでは！」

「はい。みんなでラルオに向かい、破壊のゴーレムを止め、ノヴァを助け出しましょう！」

「きっと私たちの心配なんて届いてないんでしょうけど……しょうがないわね」

「ノヴァっちのことだから、またきっとわけわかんないことになってるよ！」

「……行こう」

その場にいるみんなの気持ちをひとつにして、それぞれの準備に駆け出す。

ノヴァ、すぐに行くよ。

だからどうか、僕たちが到着するまで無事でいてくれ。

第七章　祭りが終われば、なにかが目覚める

「ノヴァ、準備はいい？」

ニナの声に笑みを返して、その場でとんとんと軽くジャンプしてみた。

衣装についた鈴が、しゃらりと澄んだ心地よい音を響かせる。

顔と腕に施した紋様のような祭り化粧も、すっかりなじんで気にならなくなった。

少し緊張した雰囲気ではあるけど、代表として踊り子に選ばれた十人の顔は期待と高揚に満ちている。

「練習の成果を見せて、思いっ切り盛り上げよう！」

「ノヴァ、すっごく上手になったもんね！　きっとみんなもびっくりするよ！」

本番を迎えたこの日、俺は個人練習と桶屋クエストによる特訓のおかげで、ソロパート以外はほとんど完璧に踊れるようになっていた。

ソロにしたって、バク転と側転はまあまあの確率でうまくいくようになっている。不安があるとすれば、どうしても再現できない空中に浮かんだような動きだけだ。

ここまできたら、考えてみてもしょうがない。

浮かび上がる直前までをパーフェクトにキメれば、コンボは七十五。

どうにかしてジャンプして、最初の振りまで合わせられれば、七十七コンボの桶屋クエストを達成できるはずだ。その後は、シルエットがやっていた動きに近い形で、舞台の上でなんとかするしかないよね。

簡易的に張られた楽屋代わりのテントから、そっと外の様子をうかがう。

お祭りはものすごい盛り上がりを見せていた。みんなが笑顔で、思い思いに踊り子を真似た化粧をしたり、着飾ったりして、舞台の周りに集まっている。

森の中でとってきた様々な素材で村中が装飾され、かがり火に照らされて幻想的な雰囲気を醸し出していた。

この後の宴のためにご馳走が作られ、美味しそうな匂いも漂ってきて、非日常の高揚感に包み込まれている。

今年は例年と違って、ドラゴンの結界があるおかげで見張りを立てる必要もない。

警備に人を割く必要がないので、本当に村中の人が集まってきている感じだ。

残念ながら、サイラスたちの姿を見つけることはできなかった。

手紙を出したのもぎりぎりだったし、間に合わなかったかな。まあそれはそれ、落ち着いたらこちらから近くまで行ってみるのもありだし、無事を伝えられたのなら、とりあえず約束は果たせたよね。

「それじゃあ、行こうか」

打楽器と笛で演奏をしてくれるメンバーに合図を送る。

ゆるやかな笛の音に合わせて、俺たちはするすると舞台へ出ていった。

舞台の上は、当たり前かもしれないけど、練習の時に見える景色とはまるで違っていた。

揺らめく炎と、心地よいリズムに、自然と身体が動く。

すいと伸ばした手のひらの先、ニナと視線が合った。自然と笑みがこぼれて、じんわりと身体が熱くなる。

本番仕様なのか、いつもは目の前にどんと表示されているスキルウインドウが、少し離れた空中に浮かんで、コンボ数を計測している。

ひとりだけ、お祭りの中でリズムゲームをやっている感じがおかしくて、笑いが込み上げてきた。

それを、踊りを楽しんでいるととってくれたらしい観客のみんなから、「いいぞ、ノヴァ！」と歓声があがる。

くるりと回転して、舞台の端に散る。ここからは、十人それぞれのソロパートだ。

ソロを前に少し振りが落ち着いたことで、はたはたと汗が滴り落ちる。

感覚が、すごく研ぎ澄まされているのがわかる。

普段なら、気を付けて集中していなければわからないような魔力の流れが、風に乗って光の帯を見せ始めた。

俺の前にソロを踊るニナが、ふわりとしたなめらかな動きで、舞台の中央に進み出た。

俺がスキルウインドウに課された激しい舞とは違って、ゆるやかで、なめらかな動きだ。観客のみんなも、俺を含めた踊り子九人さえも、その美しさに息をのむ。

ソロの最後にお辞儀のような仕草をつけて、にっこりと笑顔を見せたニナが舞台の中央から身を引くと、大きな歓声と拍手が巻き起こった。

今度は俺の番だ。歓声と熱気に押し出されるように、前に出る。

リズムが変わった。先ほどまでのやわらかな流れとは打って変わって、打楽器を前に出し、音の粒が一気に増える。

スキルウインドウを意識はしても、そちらを凝視して踊るわけにはいかない。

自分を信じて、身体を動かしていく。

練習の時と同じように、ピイちゃんが俺の少し上をくるくると飛び回って、場を盛り上げてくれているのが見えた。

思わず笑みが深くなる。伝説のドラゴンとコラボって、やっぱりこれのことかな？

七十……七十一……順調に『パーフェクト！』の文字列が空に跳ねる。

側転から、立て続けにバク転をキメる。

七十五……俺は全力で腕を振り上げ、跳躍した。

その時だった。

ひときわ大きな声で鳴いたピイちゃんが、振り上げた俺の腕を両足で掴まえて、舞い上がったのだ。

空いている手で指示すると、ピイちゃんはその方向へ右へ左へ旋回してくれる。

まるで、空中を泳いでいるみたいだ。

橙《だいだい》と紺が混じる空の下、かがり火に照らされたみんなの笑顔と歓声を、俺はきっと一生忘れない。

ひとしきり飛び回ってから着地した俺は、舞台の端に戻って、小さくガッツポーズした。

ソロの後もほとんど完璧に踊り切った俺たちは、割れんばかりの拍手に包まれて、楽屋へと戻ってきた。

「すごいよノヴァ！　練習の時は、ピイちゃんと一緒に踊るのは内緒にしてたんだね！」

「悔しいけど、今年の主役はノヴァで決まりだな！」

俺は九人に囲まれてぐしゃぐしゃにされながら、「いや、ピイちゃんと一緒に飛んだのは、ぶっつけ本番だったんだよ」と説明する。

「そうなの!?　ぶっつけ本番なのに、息ぴったりだったよね！　すごい！」

「ピイちゃんも、お祭りの雰囲気を気に入ってくれたんじゃないかな」

楽屋までついてきたピイちゃんを、そっと撫でる。

「あ、もしかして？」

思い出して、スキルウインドウを開きなおしてみる。

『異世界の風をさわやかな汗に乗せて吹かせれば、村の文明レベルが段違いに上がる』
「『村伝統の舞を成功させよう』(completed)
「振りつけを完璧に覚えよう(completed)
「ソロの振りつけを完璧に覚えよう(completed)
「舞全体で七十七コンボを成功させよう(completed)
「伝説のドラゴンとコラボしよう(completed)
……
「『異世界の知識をもとに、新しいイベントを祭りに取り入れよう』
……

七十七コンボはパーフェクトで完了しているし、伝説のドラゴンとコラボする方も達成されている。
「やった……!」
ここまできたら全部クリアして、この村に恩返しをしたいところだよね。

「次はドッジボール大会……シャイニングドラゴンカップだね！」

「悪いが優勝はうちがもらうぞ、ノヴァ」

「ランド！　村長としての仕事は大丈夫なのって、心配になるくらい練習してたもんね。でも負けないよ！」

例の謎素材のボールと一緒に、ドッジボール大会をプレゼンしたところ、お祭りの運営陣は予想以上の食いつきを見せた。

その結果、シャイニングドラゴンカップなるなんだか本格的な大会が、余興ついでに開催されることになってしまった。

特にランドは『新しい風を吹かせてほしいとは言ったが、本当におもしろいもんを持ってくるとはな』と手を叩いて喜んでくれた。

心配された出場選手の募集も、四チームが集まるほどの盛況ぶりだ。

ボールはひとつしかないので時間を決めて、普段の作業やお祭りの準備の合間で、チームごとに息抜きついでの練習をやってきたわけだけど、ランドが率いる村長チームは気迫が違っていた。

もしかすると最初に、ルール説明がてら、ランド率いるチームをこてんぱんに倒してしまったのが、よくなかったのかもしれない。

とにかくランドたちは、ボールがない時間も木の実を使ったボールキャッチの練習だとかをやっていたようで、俺が想像していた以上の本気度で取り組んでくれた。

他のチームはあくまで余興感覚で、隙間時間でボールの感触を確かめる程度だったので、優勝候補は俺のいるチームと村長チームのふたつになっている。

「試合をするコートってやつも、しっかり整えてあるからな」

試合用のコートは、舞のステージの向こう側、初代村長像の真ん前に設置されていた。

空はほとんど紺色に染まっていて、頼りになる明かりはかがり火だけ……かと思いきや、コートはいっそ眩しいくらいの明かりに照らされている。以前ニナも使っていた照明の魔法を数人がかりで空に散らして、ナイターにしっかり対応した形に仕上げたみたいだ。

「思ってたより本格的だね」

「おいおい、言い出しっぺのお前さんがそれを言うのかよ？　頼むぜ!?　こっちはお前さんを目標に、この日のために練習してきたんだからな！」

「え、うん、ごめんね？」

これは、優勝するのはちょっと大変かもしれないね。

ついさっきまであんなに盛り上がっていた伝統的な舞を前座扱いにするような、こうこうと照らされたコートをぼんやり眺めて、俺はへらりと口角を持ち上げた。

俺はコートの上にたったひとりで、ランド率いる村長チームの三人と対峙していた。

予想通りに勝ち上がった俺のチームと村長チームとの試合は、山場を迎えている。

コート上に残ったメンバーの名を叫ぶ声援が四方から投げ込まれ、舞の時に演奏してくれた面々が、より闘争心を煽るような、打楽器中心の編成に変えて、試合を盛り上げている。

試合には不参加を表明していたニナが、初代村長像の下、つまりはコートを分ける真ん中のライン上に立って、すっかり審判のような役割になっていた。

視線を落として、手元のボールの感触を確かめる。

ぼんやりと光るボールは、決勝を迎えた今、広場の盛り上がりに合わせるように、その色を変えていた。

見つけた時は薄紫と青を混ぜたような光だったのに、今ではもっと複雑な、何種類もの色がゆったりと明滅しながら入れ替わっていくような、幻想的な光を放っている。

なんとなくだけど、触れた者の魔力の影響を少しずつ受けている気がする。

最初は俺の、その次はその場にいたピイちゃんの、そしてこの場ではシャイニングドラゴンカップに参加したみんなの魔力だ。

幸い、嫌な感じはしないから、これがどういうものなのかは、考えるのは後でいいのかな。

「おいノヴァ、なにをぼんやりしてんだ。ほれほれ、早く投げてくれ」

「申し訳ありませんが、ノヴァをアウトにすれば優勝は私たちのものですからね！」

ランドの隣に並んだカティが、腰に手を当ててびしっとこちらを指さす。

カティまで、ランドと同じかそれ以上のテンションになっているのは、なんとも予想外だった。

アクティブな子ではあるけど、もう少しこう、冷静で落ち着いたイメージがあったんだけどな。意外な一面に嬉しくなる。

「まだ、諦めたわけじゃないからね」

全神経を集中して踊り切った後でもあるので、どうにも身体が重たいのは事実だ。

体力も気力も限界に近い上、相手は村でも一、二の身体能力を誇るふたりだ。

とはいえこっちには、転移前の世界で培った経験値がある。

パワーで勝てないのなら、テクニックで勝負だ。

俺はゆっくりと振りかぶって、ランドでもカティでもない、もうひとりの村人に狙いを定めた。

「てい！」

ボールは狙い通り、村人のすねあたりに当たって、俺のチームの外野へとバウンドする。

キャッチした味方に手を上げてボールを要求する。これで、一対二になった。

「捕りにくい足に当てて、外野に転がすかよ。正面からどんと投げてこい！　俺が受けてやる！」

「嫌だよ。そんなやり方したら、絶対勝てないでしょ」

何度かボールを地面について、リズムを整える。

勝負しろとぎゃあぎゃあ叫ぶランドをあえて無視して、俺はカティに向き直る。

「ごめんね、アウトにさせてもらうよ」

「ふふ、そう簡単にいくとは思わないでくださいね」

カティが腰を落とし、かかとを浮かせて、ボールのキャッチも回避も、どちらも対応できる姿勢を取る。

こんな本格的っぽい感じで身構えられると、どうにもやりにくい。

俺がやってきたのは遊びのドッジボールで、本格的なスポーツとしてのそれは、それこそ小さな頃にネットで見たことがあるくらいだ。

なんとかここでカティをアウトにして、一対一に持ち込めれば、勝機は見えてくる。

「いくよ！　正々堂々、勝負だ！」

ゆっくりと振りかぶって、大きく腕を振って、ボールを投げる。

身構えたカティにはかすりもせず、ボールは明後日の方向に飛んでいく。

「緊張しちゃいましたか？　それじゃ当たりませんよ……きゃあ!?」

「カティ、アウト！」

ニナが手を上げて、高らかに宣言する。

「ど、どうしてですか！」

「ううん、なんとなくずるい気もしちゃうけど、ノヴァから聞いたルールでは、外野の人が当ててもいいことになってるから」

苦笑いするニナとは対照的に、俺はしてやったりのしたり顔で、ふふんと胸を張った。

「そのルールなら聞きましたし理解もしていますけど、正々堂々と言ったのに！」

「もちろん正々堂々だよ。正々堂々、ルールにのっとって勝負したってことだね」

「……正々堂々とノヴァが口に出したら、外野を使うって決めてたんだ。ごめんよ」

外野から申し訳なさそうに戻ってきた味方の村人が、あっさりと種明かしをしてしまう。

「ちょっと！　内緒の作戦だって言ったのに！」

「ノヴァ、カッコ悪いぞ！」

「頑張れ！　村長チーム！」

俺の悲痛な叫びが、観客の野次にかき消される。

外野がアウトを取った場合は、コートに戻れるルールを採用しているので、形成は逆転して二対一だ。

ただし、圧倒的な有利とは言いにくい。

こぼれたボールはランドが拾ってしまったから、次はランドがこちらを狙う番だ。

しかも、観客は完全に村長チームの応援に回っていて、俺たちはすっかり悪役になってしまった。

「ええい。鎮まれ、鎮まれーい！　ルール通りに頭を使って戦って、なにが悪い！」

「ちょっとノヴァ、性格変わってない？　大丈夫？」

「うん、大丈夫。一回やってみたかったんだよね」

ニナに突っ込まれて、頭をかいた。

あんまり悪役ってやってみたことがないから、ちょっとだけ興味はあったんだ。

「随分余裕じゃないか。そろそろいいか？」

ランドがコート中央のラインぎりぎりまで出てきて、にやりと笑った。

至近距離から腕力に任せた強力なボールを投げ込んでくるのが、ランドのやり方だった。

相手が受けることを期待するようなド直球の球で、まさしく小細工はなしの、正々堂々の真っ向勝負だ。

直球ならなんとかなる、というわけではない。当然のことながら、このドッジボール大会では、魔法の使用は禁止にしている。にもかかわらず、剛腕から繰り出されるボールはとんでもない威力で、受けるにも避《よ》けるにも、かなりの勇気と瞬発力がいる。

実際、味方のほとんどが、ランドの一投でアウトにされてきているのだ。

「いくぜ……おらあっ！」

どうやったら、そのやわらかいボールでそんな音がするの？　本当は魔法とか使ってたりする？

そう疑いたくなるほどの、ごうと風を切る音を響かせて、目にも止まらぬ速さのボールが飛んでくる。それは、申し訳なさそうに外野から戻ってきたばかりの村人のみぞおちに、虹色の光を放ちながらクリーンヒットした。

瞬間、俺は地面を蹴っていた。

長身のランドが叩きつけるように投げたボールだ。

村人のお腹に当たったボールは勢いそのままに地面から跳ね返ると、そのままランド側のコートへ戻っていこうとする。

「させる……かあっ！」

俺がひと足先に地面を蹴ったのは、このボールがランドの手元に戻る前に、確保するためだ。

ここでボールを手に入れることは、勝つための絶対条件だ。

「捕った！」

「さすがに続けてもう一発とは、やらせてくれねえか。いいぜ、最後の勝負だ。まさかここで、外野にパスして横から狙うなんて真似はしないんだろ？」

ランドが両手を広げて、あえて大きな声で言う。

そうだそうだと、観客から大喜びの野次が飛んでくる。

足元を狙う手も、外野を使う手も、この試合で見せてしまった。

同じ手が通用しないとは言わないけど、警戒はされていて当然だ。

ランドがあえて大声で煽ったのは、外野にパスする選択肢を消すためで間違いない。

不敵に笑うランドに対して、俺もへらりと口元を歪ませる。

「もちろんだよ」

ギュッと両手でボールを抱えて、呼吸を整える。

外野へのパスはないと踏んだのか、後ろのライン際まで下がったランドが、腰を落として身構えた。

もちろんだ。外野へパスして終わらせるなんて、残念なことはしない。

決勝に進んだ時点で発現した、おそらく今回のツリーで最後の桶屋クエストがあるからだ。

それはこの決勝で〝自分の投げたボールで、相手のリーダーをアウトにする〟というものだった。

この流れは、桶屋クエストが望んだ通りであり、この村の文明レベルを飛躍的に向上させるためのステップでもあるらしい。

村のために頑張っているつもりなのに、最後に立ちはだかるのが村長のランドというのもおかしな話なんだけどね。

「この局面で笑うかよ。ノヴァ、お前さんはやっぱりとんでもないやつだな」

「そんなことないよ。ここまで盛り上がるなら、やってよかったなって思ってるだけ」

何歩か、中央のラインから後ろに下がる。

「いくよ！」

ゆっくりと振りかぶって、一歩、二歩と勢いをつけた。

俺の右手から離れたボールが、吸い込まれるようにランドへ向かっていく。

「ふははははは、捕れる！」

照準はランドの真正面、おあつらえ向きに胸の前だ。

両手をしっかりと広げて、ランドが高笑いしながらキャッチの体勢を整える。

なんというラスボス感か。一瞬、自分たちがなにをやっているのかわからなくなるじゃないか。そうだよ、村の祭りのドッジボール大会だよ。頼んだよ！

景色がスローモーションのようになった。

ゆっくりと、ボールがランドの両手に収まっていく。

「なんだと⁉」

キャッチした。

誰もがそう思った瞬間、ボールはランドの手から弾かれて、ゆるやかな弧を描いて空へ舞った。

「おかしい、確実に捕れたはずだ」

「ボールに弾力があるから、回転をかけたんだよ」

「なるほどな。色々と考えるもんだ」

ゆるゆると、まだ宙を泳いでいるボールを見送って、ランドが感心したように言う。

「追いかければ、まだ捕れると思うよ。ノーバウンドで捕ればアウトにはならない」

そうすれば、ランドの勝ちはほぼ確定だ。

この一投で最後の集中力を使ってしまったから、次は多分、受けられも避けられもできそうにない。暗にそれを示唆して、俺もボールに視線をやった。

淡い虹色に輝くボールが、無数のライトに照らされて空を泳ぐ様は、ただひたすらに綺麗だと思った。

「いやあ、捕れなかった時点で俺の負けだ」

「いいの？」

ランドにはランドの、矜持《きょうじ》のようなものがあるのだろう。返事の代わりに、ランドはにやりと笑った。

大会の終わりを見届ける気持ちで、ふたりでボールが落ちるのを見守った。ボールは、ゆっくりと初代村長像に近付いていき、ちょうど像の頭のところに、こつんと当たった。

「おめでとう、お前さんの勝ちだな」

「……ありがとう！」

――リイン。

桶屋クエストが鳴らすものとは別の、鈴の鳴るような音がした。

そして、まばゆい光がほとばしる。

誰かの照明魔法では、到底ありえないような光の洪水に、叫ぶ間もなく目を閉じた。

なにが起きた？

誰のものとも知れない、いくつもの悲鳴が聞こえる。

叫びたくなるのをこらえて、両腕で目を覆った。

少しずつ、光が収まっていく。

ゆっくりと目を開けて、辺りの様子をうかがう。コートの周りに集まっていたみんなは、突然の強い光に動けず、その場にうずくまっていた。見たところ、怪我をしている人はいないようだ。建物も無事、かがり火が倒れているようなこともない。

ただし、この場にさっきまでなかったものが、ひとつだけある。

魔力だ。

これまで感じられなかった、濃密な魔力の気配が漂っていた。

どこからそれが発せられているのかを、必死に探す。

真っ先に目をやったのはピイちゃんだ。魔力の気配というか、質というか、ツァイスとソフィのシャイニングドラゴンのつがいに似ている気がしたからだ。

だけど残念ながら、魔力のもとはピイちゃんではなかった。

「ノヴァ！　後ろ！」

ニナの声にハッとして振り向き、その場から飛びのく。

俺の背後に浮かんでいたのは、初代村長の像だった。

いや、像だったもの、というのが正しいかもしれない。

魔力のもとは、初代村長の像に間違いなかった。

ふわりと浮かんだ初代村長像は、虹色の淡い輝きを全身から放ち、両手を広げて微笑《ほほえ》んでいた。

美しいけど、得体が知れない。

得体は知れないけど、なにが起こったのかはおおよそ理解できてしまった。

あの輝きは、間違いない。例のボールが、初代村長の像と融合したのだ。

誰もが言葉を発せずに見つめる中、にっこりと微笑んだ表情のまま、初代村長像が口を開いた。

「どうぞご命令を。なにを、破壊いたしましょうか？　気に入らない相手でも、この世の理《ことわり》でも、お望みのものすべてを破壊いたします」

第八章　異世界の風をさわやかな汗に乗せて吹かせれば、村の文明レベルが段違いに上がる

なにを言われているのか、わからなかった。

ドッジボールに使っていたあのボールのせいで、なにかが起きたのは間違いない。

初代村長像は美しい少女の姿で、にっこりと微笑んで、俺の方を向いている。

虹色の輝きが収まってくると、見た目はほとんど普通の人と変わらなくなった。

黒のインナーカラーが入ったつやつやの真っ白な髪、透き通るような白い肌は、もともとが金属製の像とは思えない。

強いて言えば、両目の奥できらきらと輝く虹色の虹彩に、あのボールの名残があるくらいだろうか。

「破壊対象を、ご命令ください」

初代村長像が、もう一度にっこりと微笑む。

いっさいの敵意がなさそうな表情と、無機質なトーンの台詞がまったく噛み合わず、脳みそが処理しきれない。

「えっと？　なにがどうなったの？　きみは、誰？」

「回答。ワタシは魔導ゴーレム七〇七型。マスターの命令に従い、対象を破壊、殲滅《せんめつ》、排除す

るために生み出されました。どうぞご命令を。なにを、破壊いたしましょうか？」

ニナ、ランド、カティとそれぞれ視線を合わせる。

誰ひとり、俺が欲しい答えを持っている様子はなかった。

展開が急すぎて、意味がわからない。

「魔導ゴーレムって、古代文明の？」

「状況を解析中……現在位置、解析完了。現在日時、解析完了。回答。ご認識の通り、ワタシは古代文明時代に生み出されました。どうぞご命令を。なにを」

「待って待って。破壊とか、排除とか、してほしいものは特にないんだけど……」

初代村長像改め、魔導ゴーレムの動きが止まる。

「一度もご命令をいただけない場合、マスターたる資格を放棄したとみなし、すべての破壊を実行します。よろしいですか？」

「いやいやいやいやいや、よろしいわけないでしょ！　なに言ってんのこの子は！」

すべての破壊、なんてさらりと吐き出されているけど、魔導ゴーレムの言葉に、こちらを試す意図や嘘をつく素振りはいっさいない。本気で、本音しか言っていないのだ。

その証拠に、魔導ゴーレムの全身から、もはや隠す気もなさそうな、さっきよりさらに強力な魔力がふくれ上がってきている。

ピイちゃんが警戒心をあらわにして、毛を逆立てた。きっと本能的に、魔導ゴーレムが纏う魔力の強さを感じ取っているのだろう。

　わけがわからないけど、とにかく整理してみよう。

　あのボールをきっかけに、初代村長像の姿で魔導ゴーレムはよみがえった。もしかしたら、初代村長像が魔導ゴーレムで、ボールがいいところに当たってしまったのかもしれないけど、この際どっちでもいい。

　とにかく、動き出した魔導ゴーレムの目的はマスターの命令にしたがって……なぜか、今のところ俺に命令を求められているけど、なにかを破壊することらしい。

　ついでに、一度も破壊対象を命令しないと、マスターはいない子と考えて、好き勝手に暴れちゃいますと、こう言っているのだ。冗談じゃない。

　文明レベルが上がるって、古代の魔導ゴーレムが目覚めるよってこと？

　確かに文明レベルは上がったかもしれないけど、上がったそばから壊しにきてるんですけど？

　桶屋クエスト、急にバイオレンスな雰囲気だけど大丈夫⁉　それとも、なにか未達成のクエストとかあったんだっけ⁉

「次の回答を、最終的な回答と認識いたします。どうぞご命令を。なにを、破壊いたしましょうか？」

　俺が考えをまとめる隙もなく、魔導ゴーレムが右手の人差し指をぴんと立てて続ける。

「訂正。これよりカウントを開始いたしますので、十カウント以内に、ご命令をどうぞ」

即座にタイムリミットを設定し直した魔導ゴーレムさん、ストレス耐性がなさすぎるんじゃないだろうか。

「ノヴァ、どうするの？　っていうか、どうなってるの？」

「おいおい、冗談だよな？　これもお前さんの仕込みなんだろ？」

「わかんないよ、わかんないけどごめん、多分ドッジボール用に持ってきた、ボールのせいだと思う」

ニナもランドも、不安そうな表情だ。

無機質に進むカウントに、めまいがしてきた。

こうなったら、とりあえずなにか小さなものを壊すように命令して、溜飲《りゅういん》を下げてもらおうか？

でも、その後は？

ずっと、なにかを破壊し続ける命令を下すよう迫られたら？

それこそ今回のように、十カウントごとになにかを壊すことになったりしたら、どうやったってどこかで破綻するのは目に見えている。

「一……〇……命令を確認できませんでした。マスターの資格なしと判断し――」

「待って。命令する」

「ノヴァ、ダメだよ！」

　ニナが、俺の袖をぐいと掴んだ。俺が感じたのと同じ、得体の知れない不安を、彼女も感じているに違いない。

「大丈夫だから、俺を信じて」

「でも……桶屋クエストが出ているわけでもないんでしょ？」

「うん、そうだけど、おかしなことにはしないから」

「そこまでです。ご命令をどうぞ。次の発言内容を、ご命令として認識いたします」

　どこまでもせっかちなゴーレムちゃんだ。

　ぽんとニナの肩に手を置いて、笑顔を作ってみせてから、魔導ゴーレムに向き直る。

　お望み通り、破壊の限りを尽くしてやろうじゃないか。

「命令だ、破壊しかできないっていうその概念を破壊して。ゴレムちゃん、それだけの魔力があるんだし、地頭もよさそうだからさ、もっとすごいことができるはずだよ」

「発言内容を命令として解析……破壊しかできないワタシの概……念を……ハカイ……します？」

「うん、破壊して。一片も残さないようにね。ただし、概念だけだから。ゴレムちゃんが、ゴレムちゃん自身を破壊することは許しません」

「命令を……ナンテ？　実行……どう？　します……ね」

「はい、迅速にお願いします。当然ながら、他の誰にも、なににも破壊が及ばないようにね」

明らかに、なにかしらの回路がおかしくなりつつある魔導ゴーレム、改めゴレムちゃんに、淡々と命令を下す。

「かしこまり、り、リリリリン！　ました！」

――ぼぎゅう！

どうしよう。まずかったかな？

俺の人生で、一回も聞いたことのない類の音がした。

浮力を失ったゴレムちゃんはずしりと地面に降り立つと、そのまま沈黙した。

頭の脇、というか両耳にあたる部分から、ぷすぷすと虹色の煙が噴き出ている。

すごいや。煙まで虹色なんだ。

なんて、感動している場合じゃない。

注意深く、沈黙したゴレムちゃんの様子をうかがう。

――ヴン！

あ、再起動した？

これまた聞いたことのない音がして、ゴレムちゃんの目に光が戻る。

思いつきで概念を破壊してもらったけど、どうなったかな。もしどうにもならなさそうだったら、村を離れて小さな破壊にお付き合いするしかないのかも。さっきの時点で暴走とかしちゃってたら謝ろう。

不安九割でそっとゴレムちゃんの顔を覗き込む。

無表情に虚空を見つめていた虹色の瞳が、俺を見つけてにっこりと微笑む。

「マスター！」

「は、はい！」

「次のご命令、いっとく？　どうする？　今ならなんでもできるよ！　空も飛べちゃうし！」

ゴレムちゃんはぎゅんと急浮上して、逆上がりの鉄棒がないバージョンのような動きを見せる。

空はもとから飛んでいたよねとか、怖いから縦回転はやめてみようかとか、ご命令したいことや突っ込みたいことは山ほどあるけど、どうにか理性で抑え込む。

「ゴレムちゃん、気分はどう？」

「だいぶいい感じ！　っていうかその、ゴレムちゃんってなに？」

「ああ、その、魔導ゴーレムとか、なんとか型って呼びにくいから、名前をつけようかなって」

「おけ！　センスは破壊済みって感じだけど、マスターがそう言うなら！　ワタシ、ゴレムちゃんってことで！」

ぶふ、とニナが噴き出す。

センスは破壊済みって失礼じゃない？

「まあまあ、怒らない怒らない。それでどうする？　ご命令、いっとく？」

「……なにかを壊す命令じゃなくても大丈夫？」

おそるおそる、聞いてみる。

これの回答次第では、考えることが変わってくる。

空気が緊張し、表情を崩しかけていたニナも、おそるおそるゴレムちゃんを見上げていた。

「壊すだけとか、センス古すぎでしょ。なんでもいいよ！　作るし、創るし、必要なら壊しもするよ！」

「今すぐは特に、命令することないかなっていう場合は？」

「あ、そういう感じ？　どうしようかな、それなら自由にしてていい？」

「自由にっていうのは……すべてを破壊とかじゃないんだよね？」

「マスターってば、破壊でお腹とか壊したことある感じ？　自由は自由だよ、空を飛んだり、お昼寝したり？　ああ、今って夜だっけ？　なんていうの？　お夜食？」

やった。眠るつもりが夜食になってるしよくわからないけど、成功だ！

「それじゃあとりあえず、説明してほしいな。ゴレムちゃんって結局、なにがどうなってこの場に現れたんだっけ？　それと、どうして俺がマスターなんだっけ？　実はそのあたり、よくわかってなくて……教えてくれる？」

「結局、ご命令すんのかい！」

回転を続けながら、びし、と右手を突っ込みポーズに変えて、ゴレムちゃんが叫ぶ。

概念どころか、思考回路がまるまる破壊されている気がして、別の意味で心配だ。

ついでに言えば、このノリ、あんまり得意じゃないかもしれない。まあ、本人……本体？が楽しそうならいいのかな。

軽いノリで経緯を説明してくれたゴレムちゃんの話をまとめると、こうだ。

ゴレムちゃんの本体は、やはり俺が拾ってきたあのボールだった。

あれがまさしく、魔導ゴーレムの核となるパーツだったらしい。

きっかけはピイちゃんが壁に激突したことだけど、最初に触った俺の魔力が核に流し込まれたことで、俺がマスターとして認識された。

ちょうど、舞の個人練習をやっていて集中力が高まっていたことで、知らずに魔力がにじみ出ていたのがよかったらしい。

ひとたび魔力が注入されれば、その後は近くの魔力をどんどん吸い上げ、起動に足る魔力が溜まったところで、最初に触れたモノを媒体として、活動を開始する仕組みになっていた。

そして魔力が溜まったタイミングというのが、ドッジボールの決勝で、ランドが俺の最後の一投を弾いた瞬間だった。

思い出してみれば、ゆるゆると宙を舞った魔導ゴーレムの核は確かに、初代村長像の頭にぶつかっていたもんね。

あとはお祭しの通り、初代村長像をベースに起動して、件《くだん》の破壊命令を声高に求めるところにたどり着くわけだ。

「でもこのボディ、すっごいね！　強度ハンパないし、魔力なじむし、今までのボディで最高クラスかも！」

「村長の像って、そんなにすごかったの？」

きょとんとするニナに、俺はゴレムちゃんの代わりに半笑いで答える。

「村ができた当初から立ってるって話なのに、像も台座もきらっきらで傷ひとつないってかなりすごいよ。最初に村に来た時からなんとなくそうかなって思ってたけど、初代の村長さん、多分だけど俺と同じでどこかから転移してきた人だと思う」

「あれ、ノヴァって転移してきた人だったの⁉　だから変な……じゃなくて、桶屋クエストとか使えたんだね。でも確かにそうだよね。どうりでなにしても壊れないと思った」

ニナさん、変って言った？　というか、村長の像を壊そうと試みたご経験がおありで？

ものすごく気になって、危うく言葉が口から出ていきそうだったのを、どうにかこらえる。

これ以上のとんでも展開は、俺の疲れ切った脳みそが拒否している。聞いてみたい欲求はあるけど、きっと今じゃない。

「もしかしてマスター、ワタシのボディがこれになるように狙ってくれたりした？」

「いいえ、違います」

なんだそっか、と大して残念そうでもない声を出して、ゴレムちゃんがゆっくり回転を始める。あまりジッとしているのは得意じゃないのかね、この子は。

実際のところ、まったく狙ってなんていなかったわけだけど、代わりに、ふと気になったことを聞いてみる。

「ちなみにだけど、俺があの洞窟でゴレムちゃんを見つけなかったら、どうなってたんだろ？」

「洞窟の壁はもろもろだったし、ぽろっとこぼれて、そのへんの魔物とかの魔力を吸収して、森ごとおっきなゴーレムになってたんじゃない？」

「森ごと。その場合、マスターは誰になるの？」

「魔物系はマスター認定されないから、マスター不在かな。不在で起動すると、なにしていいかわかんなくてとにかく暴れちゃうんだよね！　やば！」

やば、じゃないでしょ。本当に、とんでもないことになるところだった。

桶屋クエスト、文明レベルが上がるとか言っている場合か。達成しないと世界に甚大な被害が出るような話は、ちゃんと教えてほしい。

「でもマスターってすごいよね。さっきまではさ、これはマスター資格はく奪で大暴れ確定コースかなって思ってたのに、まさか超哲学的な感じでくるとは思わなかった！　ルール違反ぎりぎりっぽいけど、やるじゃん！」

それはどうも、と小さく呟いて、がっくりと肩を落とす。

なんだか、どっと疲れた気がする。

お祭り準備からの、舞からの、ドッジボールからの、ゴレムちゃんだ。情報が多すぎる。

ゆっくり休みたいところだけど、そうはいかない。

「まあ、よくわからんが危険はないんだな？」

おそるおそるの体《てい》でランドが言うと、ゴレムちゃんがにっこり笑って、ピースした。

ピイちゃんも警戒を解いてくるくる飛び回っているし、大丈夫そうだね。

「よし、それなら祭りの仕上げといくか！」

「そうだね。初代村長そっくりのゴレムちゃんが加わって、なんか今年は特別な感じするし！」

宴にしようぜ、とわいわい準備に取りかかる村人の皆さんを見て、俺はへらりと口元をつり上げた。

やっぱりそうなるよね。ここの皆さんは、いい意味で順応性が高く、悪い意味では危機感が薄い。

とりあえず大丈夫そうなら、それでいいんじゃない？

そういうことだ。

俺自身も、深く物事を考えるリソースが残っていないし、まあいいのかな。

念のため開いてみたスキルウインドウでも、村の文明レベルが段違いに上がるツリーは完了になっていて、やるべき桶屋クエストは残っていない。

「ノヴァ、こっち来い！　お前さんは、色んな意味で今夜の主役なんだからな！」

「マスター早く！　ワタシの酒が飲めないってのか！」

「なじみすぎか！　命令だよ。そのノリ、嫌だからやめて。そもそも未成年だから飲めないんだよ」

「わかった、やめる。でもね……このカクテル、マスターのために一生懸命作って、アルコール分は完全破壊しておいたんだ……飲んでもらえたら嬉しいなって……ごめんね」

「罪悪感！　そのノリもやめて！　でもまさかのノンアル……そういうことなら、いただきます」

その晩、魔導ゴーレムゴレムちゃんを加えた俺たちは、夜中までわいわいと宴に興じた。


そして、翌日。

「ノヴァ起きろ！　大変なんだ！」

明け方近くなってから、ようやく部屋に戻って眠りについた俺は、お昼前にランドに叩き起こされた。眠たい目をこすって、どうにか部屋のドアを開ける。

「今日だけは許して……疲れが取れてなくて、眠すぎる……」

くあ、と大きなあくびをひとつする。

俺にひっついていたピイちゃんも、少し不機嫌そうに身をよじった。

「えらいことになってるんだ、早く来てくれ！」

のそのそ、ふらふらとする俺とは反対に、ランドはものすごく焦った様子だ。

さすがに目が覚めてきて、急いで服を着替えにかかった。

「ノヴァ、起きた⁉」

勢いよく、ニナが入ってくる。こちらも真剣な表情だ。どうやら、本当になにかあったらしい。

「なにがあったの？」

ゴレムちゃんが暴走してしまったとか、ドラゴンの結界が消えてしまったとか、魔物が押し寄せてくるとか……色々な事態を想像しながら、脇に立てかけてあった剣に手を伸ばす。

俺の予想は、どれも外れていた。それどころか、ふたりからの答えに、俺は昨日から今日にかけて何度目になるかわからない、わけのわからない気持ちをまたしても体感することになる。

「王様が来たんだよ！」

「へ？」

「王様が……軍隊を引き連れて、うちの村にやってきたんだ！　狙いはお前さんとゴレムちゃんだ！」

食堂のドアから、そっと外を覗き見る。

確かに、ものものしいアーマーを着込んだ騎士たちが大勢、昨日ドッジボールを繰り広げた村の広場に集まっていた。

　掲げられた旗を見て、へらりと口角が上がる。あれは確かに、王都を出てくる前に俺が燃やしてしまったものと同じ、王家の旗だ。

　広場の中央にどっしりと止まった装甲馬車の周りは、特に警備の兵が多い。王様が来たとランドは言っていたけど、まさか本当に、王様本人があれに乗ってきているってこと？

「王都からの使者……にしては、ものものしいね」

「だから言ってるだろ、王様が来てんだよ」

「いくらなんでも、王様自らってありえる？」

「なにを呑気に首傾げてんだ。狙いはお前さんとゴレムちゃんだって言ったろ。信じてないのか？」

「そういうわけじゃないけどさ。そもそも、ゴレムちゃんのことをもう王様が知ってるなんておかしくない？　俺自身にしたって心当たりなんて……ないことはないし、むしろある……けど」

　もごもごと口ごもる俺に、ランドとニナの顔が引きつる。

「勇者様と一緒のパーティーにいて、王都の宴でちょっとやらかして追い出された……とは聞いてたが、まさか本当は、もっとひどいことをして追われてたのか？」

　ランド、気持ちはわかるけど、そんなに思い詰めた顔をされると困っちゃうよ。もっとひどいことって、どれくらいひどいこと考えてる？　王城爆破未遂とか、考えてない？　確かに火はつけちゃったけどさ。

「大丈夫だよ、ノヴァ」

「……ニナ！」

「今ならまだ間に合うから。自首、しよ？」

「ええええ!?」

「冗談だよ？」

「冗談にならないって！」

ぎゃあぎゃあとニナとやり合っている間にも、装甲馬車を起点に騎士たちがあちこちを行き来して、なんらかのやり取りが進んでいるようだった。

とにかくこうなれば、出ていって話を聞いてみるしかなさそうだ。

村のみんなの不安そうな顔も見えるし、このままにはしておけないからね。

「ノヴァ、今すぐ逃げてください」

カティがそっと裏口のドアから入ってくる。厳しい表情だ。

「……どういうこと？」

「村のことはなんとかしますから、さあ早く」

「いやいや、俺が王都を追放されてきたことが原因だと思うし、逃げるわけにはいかないよ。

ちゃんと話をして、迷惑がかからないようにするから」

「時間がないのに……仕方ありませんね。いいですか、先ほどひと足先にお話を聞いてきたんです」

カティが言うには、やはり一団は王都からのもので、王様自らやってきているのも本当らしい。そして、ランドの言う通り、狙いは俺だった。

それと併せて、魔導ゴーレムなるものに心当たりがあれば、それについても隠さず話すようにとのことだった。

また、一団には王直属の護衛軍のみならず、勇者パーティーも同行しているという。

「サイラスたちまで⁉」

「なんだか皆さん、険しい表情で……確実に捕まえるために、場合によっては生死も問わないというようなことまで、お話しされていました」

「そんなこと、サイラスたちが言うわけ……いや、そうか」

王様が、あの時の件について、自らやってくるくらいに怒り心頭だとして、王直属の騎士団に俺の捕縛を任せた場合、生死問わずのデッドオアアライブ待ったなしとなってしまう可能性は十二分にある。

それなら、勇者パーティーが俺を捕まえる役を買って出ても、おかしくはない。そう、俺を死なせないために。なんだろう、この悲しい気持ち。

「ゴレムちゃんのことはどこで知ったんだろう？」

「わかりませんけど、魔導ゴーレムは必ず破壊しなければならないと、大変な剣幕でした」

「俺が逃げた場合、村は大丈夫なの？」

「大丈夫です。きちんと無関係を装って、しらを切り通しますから」

ふんす、と鼻息を荒くして、カティが胸を張る。

「まあとにかく尋常じゃないってことだな。お前さんがなにをやって逃げてきたんだとしても、俺たちはお前さんの味方でいるつもりだ。なんとしても逃げ切ってくれ」

「ありがとう。俺が完全に悪いことした前提なのは心に響くけど、村に残ってた方が迷惑をかけそうなら、離れることにするよ」

「……せっかく、これから一緒に村を盛り上げていけると思ったのに。こんなのってないよ」

「ニナ……ごめん」

残念そうにするニナに、俺は謝る以上のことを言えそうにない。

王都でのあれこれがスキルの導きだからと言ってみても、結局は俺のせいだ。

ここで過ごした大切な時間は、絶対に忘れない。

「ピイ！」

ピイちゃんが、ぐいぐいと俺の両肩を掴んで引っ張り上げようとする。

「ピイさんも、ノヴァを逃がそうとしてくれているようですよ」

「ワタシも一緒に逃げた方がよさそう？　面倒なら、ちょっとだけ破壊、いっとく？」

「ゴレムちゃん、なに言ってるの。破壊は卒業したでしょ！」

「はーい」

明らかにわくわくした顔で、虹色の虹彩をきらきらさせていたゴレムちゃんをたしなめて、裏口からこっそり外に出る。

ゴレムちゃんは自力で、俺はピイちゃんに両肩を掴んでもらって、ふわりと空へと舞い上がる。まだ食堂の陰に隠れているから、広場からは見えていないはずだ。

「どたばたしてごめん、きっとまたいつか……！」

戻ってこられるといいな。声にならなかった希望をギュッと拳で握りしめる。

「ピイちゃん、ある程度の高さまで飛び出したら、いったん広場の方に行ってもらえる？」

「お、いいねマスター！　ひと煽りいっとく!?」

「そこ、惜しいけど違うからわくわくしない！　村に迷惑をかけたくないんだ。メインの狙いが俺なら、俺はもう逃げてますよって教えてあげた方がいいかなって」

俺の意を汲んでくれたらしいピイちゃんが、ぐるりと旋回する。

王様が乗っているであろう装甲馬車の頭上でぐるぐると旋回してみせると、足元がにわかに騒がしくなる。

ドラゴンだ。いや、人が一緒だぞ。あれはノヴァ・キキリシムと、隣は例のゴーレムなんじゃないのか？

矢だとか魔法を射かけられる覚悟もしていたけど、それらは飛んでこなかった。

代わりに、装甲馬車の屋根に、見知った顔が堂々と立って、空を見上げている。

「サイラス、みんな……」

ぐ、とサイラスが腰を落とすのが見えて、俺は「ピイちゃん、ゴレムちゃん、全速力で上昇！」と叫ぶ。感慨に浸る暇もありゃしない。

俺たちが加速するのと、大ジャンプをキメたサイラスの指が、俺を掴みそこねて靴先をかすめるのとが、ほぼ同時だった。

「怖っ。どんだけの高さだと思ってんだよ！」

「ノヴァ、祭りに間に合わなくてすまなかった」

台詞こそ、お誘いしたお祭りへのお詫びだけど、サイラスはいつになく真剣な顔だ。なんなら、背筋がぞくりとするほどの迫力すら放っている。本気だ。本気で俺を、捕まえにきている。

そんなわけはないと思いながらも、場合によっては生死も問わないと話していたカティの言葉がよぎる。

「手紙出したのぎりぎりだったし、気にしないで。また来年もあるからさ」

わざと明るい声を出して、自分を奮い立たせる。

「隣が魔導ゴーレムだな？　できることなら手荒な真似はしたくないが……とにかく、そこを動かないでくれ」

「いや、違うんだって。ゴレムちゃんは……ああくそ」

空中では分が悪いと踏んだのか、サイラスが急降下していく。

こういう時こそ道を示してほしいのに、俺のスキルはなんの反応も示してくれない。昨日のお祭りまでに、かなり大規模な桶屋クエストを発動していたから、クールタイムに入ってしまったのか、それとも勇者の前では発動してくれないのか。

どうにかして逃げ切りたいと切に願っているはずなのに、チリンという鈴の音は聞こえないままだ。とにかく、今は自力でなんとかするしかない。

「ピイちゃん、このまま森の奥の方へ逃げよう」

なるべく早く、王様や騎士団に邪魔されずに、サイラスたちとだけ話ができる場所へ誘導しなくては。

食堂で聞いた通り、サイラスはゴレムちゃんのことを知っていた。となれば、おそらく目的は、破壊の魔導ゴーレムとしてのゴレムちゃんを止めることだろう。

なにも説明できないままぶつかれば、勇者パーティーとゴレムちゃんとの、全破壊待ったなしのバトルを誘発することになりかねない。

併せて、ピイちゃんのこともある。村から出てしまえば、ドラゴンの結界の守護下から離れてしまう。

このタイミングでもし、それを検知したツァイスとソフィが戻ってきたら、わが子を追い回す無礼者として、勇者パーティー対伝説のドラゴンのカードもありえるかもしれない。

俺のお気に入り同士が傷つけ合うなんて、しかもその原因が俺にあるなんて、冗談じゃない。

「よし！　この速さなら、いくらサイラスだって」

「ごめんね、ノヴァくん」

急に現れた気配に振り向くと、勇者パーティー全員を魔法の力で浮遊させて、にっこりと微笑むクレアの姿があった。

「痛くないから我慢してね、かわいいドラゴンさん」

詠唱もタメもいっさいなしで、クレアが複雑な魔法式を空中に展開させる。

ぐんとピイちゃんの速度が落ち、俺たちは上空にいながら、あっという間に四人に囲まれてしまった。クレアの、行動阻害のデバフ魔法だ。

「いいなあ、この子かわいい。今度でいいからそんな風に一緒に飛んでみたいかも」

「ディディ頼む。この子を傷つけないで」

「わかってるって、ノヴァっちがおとなしくしててくれてれば、なにもしないよ」

ディディが空を蹴とばし、息をのむ暇もなく、俺の超至近距離まで迫る。

「よい、しょっと」

ディディは両手に構えたナイフで、ピイちゃんが掴んでいる部分だけ、器用に俺の服を切り取ってみせた。

「よいしょってちょっと……ぎゃあああ！」

当然ながら、俺は落ちていく。ピイちゃんが焦った様子で身をよじるけど、身体がついてこられないらしい。

なるほど。クレアの魔法は行動阻害どころか、空間ごと疎外する超高等魔法だったんだね。

なんて言ってる場合じゃない。俺は空中を浮遊することはもちろん、この高さから落ちて自力でなんとかできる能力もない。

「マスター、これはさすがに助けた方がいい感じだよね？」

あっという間に隣に並んだゴレムちゃんが、にっこりと微笑む。

「お、お願いします！」

「ピイちゃんはどうする？　助けちゃう？」

俺と一緒に高速で降下しながら、ゴレムちゃんはがぜんやる気の顔で、虹色の虹彩をぎらつかせて上空を見つめた。拘束されているピイちゃんを、おそらくめちゃくちゃ手荒な方法で、取り戻してくるつもりらしい。

「待って！　ひとまず逃げよう。ディディは、ピイちゃんに怪我をさせないと約束してくれた。信じられるはずだから、とりあえず」

「あ、やば」

とりあえず、俺を拾い上げて逃げて。そう言おうとしたところで、ふいに日がかげる。

「……ノヴァから離れろ」

日がかげったのではない。クレアの魔法で距離を詰めたバスクが、俺たちに肉薄していたのだ。バスクは、俺とゴレムちゃんの間を切り裂くように、両手に掲げた大盾を振り下ろす。ゴレムちゃんはするりとそれを回避すると、バスク越しに俺を覗き込んで、にっこりと微笑んだ。

「念のため確認。この人も、マスターのお友達なんだよね？」

「そうだよ。大事な友達なんだ。だから、傷つけ合うのはなしで！」

「おけ！　いいなあ。ワタシも、命がけで割り込んでくれるお友達が欲しくなっちゃう」

バスクが、ゴレムちゃんを振り払うように大盾を振るう。

正確無比な連撃を、ゴレムちゃんはにっこりとした微笑みを貼りつけたまま、ひらひらと回避し続ける。

「……やるな」

「あんたもね、意外と速い！　やるじゃん！」

ふふん、とふたりが笑みをかわす。

まさしく強者同士の探り合いという感じだ。

「ところで、助けて！」

ハイレベルなやり取りの最中も、俺だけは地面との距離を急速に詰め続けている。

ラルオ村にやってきたあの日より、さらに熱烈なキスを地面さんとかわすことになったら、頭の中が真っ白になってしまいそう。真っ白っていうか、頭ごとなくなっちゃうっていうか。

つまり、助けて。

「あらら、マスターやばそうだね！　仕方ない、ここはワタシが……あれ？」

ゴレムちゃんの動きが、いきなりぎこちなくなる。

「ノヴァくんったら、また変な虫つけちゃって。優しすぎるのも困りものだよね。あなたもそう思わない？」

ピイちゃんをディディに任せて、サイラスとクレアがゴレムちゃんを取り囲んだ。

ゴレムちゃんの動きが鈍くなったのは、クレアが抜け目なく、行動阻害のデバフをかけたからだろう。

「ワタシが変な虫なら、あんたはしつこい虫って感じ？　やば！」

きりきりと、魔力衝突特有の耳障りな高音を響かせて、ゴレムちゃんの全身から虹色の魔力があふれる。

信じられないけど、クレアの拘束を、力技で引きちぎってみせたらしい。

クレアが、一瞬苦しそうな表情を見せて後ろに下がり、代わりにサイラスが剣を抜く。

「ふたりとも待って！　ゴレムちゃんを傷つけないでくれ！　お願いだから！」

地面までの距離は、もうほとんどない。

構うもんか。俺はなりふり構わず叫んだ。

ゴレムちゃんはもう、破壊の魔導ゴーレムじゃないんだ。ちょっと、まあまあ個性的ではあるけど、新しい感性を手に入れた、村祭りを一緒に楽しめる明るい子だ。

「……ジッとしていろ」

ぎりぎりのところで追いついたバスクが、俺を片手でひょいと拾い上げると、もう片方の手に掲げた大盾を激突寸前の地面に向けた。

「……衝撃無効化」

――ドゴアッ！

衝撃の無効化なる決め台詞を完全に無視した、インパクトに満ちあふれた轟音《ごうおん》を響かせて、バスクが超重量級の着地をキメる。辺り一面の木々をなぎ倒して、なんなら小さなクレーターができてるんだけど、どのあたりの衝撃が無効化されたの？

「……怪我はないな」

ああそうか。バスクと、バスクが抱えた俺に対しての衝撃ってこと？　地面は別腹ってことだね？

変わってしまった景色の中で、がたがたと震える俺をそっと地面に下ろすと、バスクは鎧《よろい》についた埃《ほこり》をぱっと払い、そのまま仁王立ちになった。

俺が、生まれたての小鹿もかくやという残念っぷりでどうにか立ち上がった頃、他のみんなもゆっくりと下りてくる。

正面に立ったサイラスの顔は、逆光になってよく見えないけど、左右のクレアとディディの顔は、久しぶりの再会を楽しんでいるという風ではない。

少し遅れて、俺の両隣にピイちゃんとゴレムちゃんがそれぞれ着地する。

ピイちゃんは当然ながら怒っているし、ゴレムちゃんも、表情こそ微笑みを崩していないものの、虹色の虹彩は今にも噛みつかんばかりにぎらついている。

ここからお互いの誤解を解くのは、かなりのエネルギーがいりそうだ。

それに、どうにかピイちゃんとゴレムちゃんの誤解が解けたとしても、俺が王様にやったことは、誤解ではなく言い訳しようのない事実だ。

きっと俺だけは王様に突き出されて、申し開きもそこそこに幽閉とかされて、サイラスたちのおかげで処刑だけは免れるものの、俗世とはほど遠い一生を過ごすのだ。こんなことなら、もっと美味しいごはんをたくさん食べておけばよかった。

「俺を連れて逃げてくれたこの子、ピイちゃんは関係ないんだ。それに、ゴレムちゃんも悪い子じゃない。頼むから、どっちにも危害を加えないって約束してほしい」

それでも、どうにか声を絞り出す。

「一緒に来てもらうぞ、ノヴァ」

俺の言葉には反応せず、サイラスが無機質な声を出す。威圧的な印象は受けないけど、ここから絶対に逃しはしない、そんな意志をひしひしと感じる力強い口調だ。

俺はがっくりとうなだれて、小さく頷くしかなかった。

「申し訳なかった、この通りだ！　そしてノヴァ殿こそ、この国を救ってくれた英雄だ！　本当にありがとう！」

ぽかんとした顔っていうのは、こうするんですよ。

俺は今、きっとそんなお手本のような顔をしているに違いない。

自分でも、あんぐりと口が開いたまま、塞がっていないのがわかる。

目の前で頭を深々と下げ、謝罪と感謝の言葉を述べているのは、誰あろう、この国の王様なのだ。

隣に立つサイラスも、勇者パーティーの三人も、苦笑いと申し訳なさを軽くかきまぜたようなあいまいな表情で、所在なげにしている。

「いや、えっと？　謝るのは確かこっちで……あれ？　なにがどうなってるんです？」

俺が村へ連れ戻されたことを聞きつけ、場合によっては王様への直談判も辞さないと、鼻息荒くやってきたニナやカティ、ランドたちも、俺と同じぽかん顔で立ち尽くしている。

カティから聞いた話では、どうあっても俺を連れてくるように、場合によっては生死も問わないとの強めの通達があったはずだ。それがどうして、装甲馬車からいかめしい顔つきで降りてきた王様が、開口一番に謝罪と感謝の言葉を述べて、深々と頭を下げているのか。

「サイラス？　どういうことなの？」

俺から目をそらして知らん顔をしていたサイラスに、名指しで状況の説明を求める。

王様は頭を下げたままだし、取り巻きの大臣さんも、王直属騎士団の皆さんも、うつむいてもじもじしているだけなのだ。

この場で発言権があるとすれば、勇者パーティーの誰かしかいない。

「僕も驚いてるんだよ。その……ゴレムちゃんだったか？　その子が破壊の魔導ゴーレムなんだろう？」

「だった、だよ。今は自由気ままなラルオ村の看板娘のひとり、ゴレムちゃんだから」

はあ、と大きなため息がそこかしこから聞こえる。

「ノヴァくん、私たちがどれだけ心配したと思ってんの。その子が、国も世界も滅ぼす勢いで復活するっていうから、みんなで大急ぎでここまで来たんだけど」

「やっぱりノヴァっち、想像の斜め上をいくわけわかんなさだよね！　ゴーレムだからゴレムちゃんとか、その子がかわいそうだと思わないの⁉」

「それな！」

いや、それなって。ゴレムちゃんまでディディに乗っからないでよ。

「ああ、まあ、なんだろう。復活した時は確かに破壊のゴーレムなんとか型だったんだけどね。

今は大丈夫なんだ」

「そういうこと！　一応はこの人がマスターなのは変わらないから、ぎりぎりで守るつもりではいるけど、基本的には自由人なんで！」

「おお、やはりノヴァ殿がマスターに」

ゴレムちゃんがあえて明るい調子で切り返したのに、場がざわつく。

「ノヴァ……その、マスターになったことで、なにか身体に異変や負担、代償なんかはなかったのか？　僕たちは、それも心配していたんだ」

「へ？　嘘？　え、ゴレムちゃん……そういうのってあるんだっけ？」

「いや、そんなに大したことはないよ？　最初に魔力もらったからマスター認定されてるのと、一応は命令権があるのと、あとはまあしんぞ……なんでもない」

「ねえ。心臓って言おうとした？　むしろほとんど言ってたよね？　心臓がなに？　ねえってば！」

「カイセキフノウ、カイセキフノウ」

「いや、もうめちゃくちゃ流暢《りゅうちょう》にしゃべってんでしょうが！　ちょっと！」

急に片言になって、くるくると回転しながら、ゴレムちゃんが上空へエスケープする。

「はあ……まあ、こんな感じだよ。危険はなさそうでしょ？　マスターとかって仰々しく言う割には、完全にからかわれてはいそうだけど」

「ノヴァくんらしすぎて……お腹痛い。しんぞ……大事にしてね？」

クレアがけらけらと笑い、ディディもそれにつられて腹を抱えている。

急に古巣に戻ってきたみたいで、なんだか嬉しくなった。

「それから、こっちの子が……これも信じられないが、シャイニングドラゴンの幼体、なんだよな？」

「そう。もう少ししたらご両親も帰ってくるんじゃないかな」

「まったく。皆さん、ノヴァがお騒がせしてすみません……」

「いやいやいやいやいや、全然！　全然大丈夫です！　勇者様も、陛下も、お願いですから顔を上げてください！」

「なにもない村ですが、ゆっくりしていってください！　おいノヴァ、なんだよこれお前！　なんとかしろ！」

王様に続いて、サイラスまで深々と頭を下げるものだから、ニナやランドたちは恐縮しきりだ。

「ピイちゃんとゴレムちゃんのことは意外とすんなり誤解が解けてよかったけど、俺のその……あれは大丈夫だったの？　ほら、あの後さ、大変だったんじゃない？」

「結局、ノヴァってなにをやらかして追い出されてきたの？」

「ニナさんでしたか、ノヴァから聞いていないのですか？　このノヴァは、勇者としての称号を授かった式典の後に開催された宴で、いただいたばかりの勲章を投げ捨て、陛下にはちみつ酒を樽ごとかぶせて、王家の旗を燃やして逃げ出したのです」

サイラスが苦笑いで説明すると、ニナがふらりと倒れそうになる。

「え……さすがにちょっと、不敬がすぎてかばいきれない感じじゃない？」

お願い、その感想、もっともすぎて辛くなってきちゃうから、ちょっとだけ待って。後にして。

「その一連の出来事が……まさかあんなことになろうとは、思わなかったのだ」

ようやく顔を上げてくれた王様から、王様暗殺未遂の一連の出来事を説明される。

あの後すぐに、桶屋クエストのツリーが完了になったのは、そういうことだったのか。

「なんか……ノヴァって本当、ディディさんたちの話じゃないけど、わけわかんないけどすごいんだね」

呆れたようにニナが言えば、「ふふ、あなたも振り回されてるみたいね？」と、まだ笑っていたクレアとディディが嬉しそうにする。

「ラルオ村の皆様、改めて、お騒がせして申し訳ありませんでした。無事にゴレムちゃんのことを確かめられて、ノヴァへの誤解を解く機会も設けられて、ホッとした気持ちです」

「うん、勇者様はさすがだ。まっすぐで気持ちがいいな！　そういうわけだぞ、ノヴァ。陛下と勇者様に頭まで下げさせて、まさか許さないなんてことはないよな？」

「わざわざお越しいただくなんて、本来ならとんでもないことですよ！」

「ノヴァ、器が試されてるよ？」

ランド、カティ、ニナから順番に詰め寄られて、俺はぐっと後ずさる。

「そもそも俺の方が申し訳ないことをしたって思ってたんだから、許すも許さないもないよ。陛下、どうか本当にお気になさらないでください。その節は、きちんとした説明もできずに、大変失礼いたしました」

「おお、許してくれるか……ありがたい」

お互いに改めて頭を下げ合った俺と王様に、どこからともなく拍手と歓声が湧き起こる。これで王都の出禁も解けて、色々な意味でひと区切りがついた。

「さて、さっそくだが、おぬしへの勲章の授与をやり直したいのだがどうだ？　随分と日が経ってしまったが、英雄のひとりとして、改めて王都へ迎え入れたいのだ」

おお、と歓声が大きくなる。

「ぜひ戻ってきてくれ。また一緒に色々な冒険をしよう」

サイラスが、きらっきらの笑顔で握手を求めてくれる。

「ノヴァくんがいた方が、おもしろくなることが多いしね」

ばちんとウインクしてみせたクレアは、俺個人がどうこうというより、桶屋クエストでどたばたするのを楽しみにしているようだ。

「うんうん、いいんじゃない？」

「……いつでも歓迎する」

ディディがにっかりと笑い、バスクも珍しく口元をゆるめてくれた。

「よかったね、ノヴァ！」

「実は冗談半分で聞いてたんだが、本当の本当に勇者様のパーティーにいたんだな」

「少し残念な気もしますけど、ノヴァさんの意思を尊重します」

ニナ、ランド、カティも、それぞれに笑顔を見せてくれる。

これから一緒に村でやっていける。そう思ってくれていたからこそ、三人の笑顔は少しだけぎこちない。

それでも、祝福してくれたり、ランドのように軽口を言ってくれたりしたのが嬉しかった。

俺は本当に、昔も今もいい仲間に恵まれているんだな。いまさら実感が湧いてきて、胸が熱くなる。

自分自身で、なにが起こるかコントロールしきれない特殊スキルを頼りにやってきたけど、それを理解しようとしてくれたサイラスたちがいたからこそ、今の俺があるのだと思う。

「ありがとう」

ぐるりとみんなを見回して、決心を固めた俺は、そっと手を差し出した。

サイラスとがっちりと握手をして、英雄として王都へ凱旋《がいせん》する。

誰もがその姿を想像したはずだ。でも俺は、そうはしなかった。

サイラスの手を握り返しはせず、まっすぐ真上に手を上げたのだ。

「ピイちゃん、お願い！」

くるくると旋回してやってきたピイちゃんが、俺の腕を掴んでぐんと引っ張り上げる。

「ノヴァ、どうしてだ！」

驚きを隠せず、サイラスが叫ぶ。俺はへらりと笑って、空いている方の手で軽く頭をかいた。

「いやあ、誤解が解けたのはよかったし、みんなに認めてもらえて、戻ってきてほしいって言ってもらえたのもすごく嬉しいよ」

「それならまた、一緒に冒険すればいいじゃないか！」

「でもさ」

ピイちゃんに運んでもらって、広場の真ん中を抜け出し、食堂の屋根にそっと降り立つ。

サイラスにしてみれば、冒険の最初から一緒だった俺に裏切られたような気持ちかもしれない。それは本当に申し訳ないけど、いつまでもサイラスにくっついていたら、きっとダメなんだ。

「しばらく、自分の力でなんとかしてみたいんだ。この村も気に入ってるし、ようやく一段落ついたところだから。ここで投げ出して、それじゃあ王都に戻っちゃおうっていうのは、なんかちょっと違う気がしてさ。俺はサイラスと、みんなと対等の友達でいたいから」

へらりと笑って、それでもサイラスから目をそらさずに、言い切った。

サイラスは、しばらく俺を澄んだ瞳で見つめ返していたけど、やがて小さく息を吐き出した。

「そうか……わかったよ」

サイラスがふわりと笑う。

「本当にいいの？」とクレアがサイラスをついたけど、サイラスはそれに、「ああ、いいんだ」と応えてみせた。

「なにをするにも、どこか自分の本音を隠すようにしていたノヴァが、はっきりと自分の力で頑張りたいと言ったんだ。しかもそれが、僕たちと対等の友であるためとまで言ってくれたんだ。それを祝福して送り出せなくては、それこそ友を名乗る資格がなくなってしまう」

「ありがとう。王都にはたまに遊びにいくし、よかったらみんなも遊びにきてよ。村はいいところだし、ごはんも美味しい。それに、本当になにかあったら、俺にできることは頑張るからさ」

そうそうないかもしれないけど、もしもサイラスたちがピンチの時は、俺のスキルが役に立てればいいと思ってるしね。

「ああ、わかった。頼りにさせてもらうし、遊びにもいくさ」

先ほどの熱狂的な拍手や歓声とはまた少し違う、やわらかな拍手が起こる。

王様まで拍手を送ってくれているし、騎士団の皆さんも、村のみんなも、全員が笑顔だ。

ニナと目が合った。少し涙目になっている気がして、思わずどきりとしてしまう。

俺がびっくりしているのに気が付いたのか、ニナはごしごしと目をこすって、ギュッと笑顔を作りなおした。

ランドもカティも笑っている。

ゴレムちゃんだけは、くっさいねとでも言いたげに、微笑みを崩さず鼻をつまんでいるけど、いったんスルーだ。

今度こそ本当に、俺自身が決めた暮らしが、ここから始まるんだ。サイラスたちに恥ずかしくないよう、村のみんなの期待を裏切らないよう、そしてなにより俺自身が楽しめるように、できることをやっていこう。

この子とも、まだまだ一緒にいられそうで嬉しいな。だいぶ意思の疎通ができるようになってきた小さな相棒、ピイちゃんにも笑顔を向ける。

「あ、やばい……！」

ものすごくいい雰囲気なのに、そこで俺は気付いてしまった。

ピイちゃんと仲良くなって、だいぶ意思の疎通ができるようになってきたからこそ、だ。

急いだ様子でさっと翼を広げたピイちゃんを、「待って、そっちはダメ！　あっちに行こう！」と制してみるけど、残念ながら届かない。

俺の必死の声を、ついでに運んでほしいのだと勘違いしたピイちゃんが、きりりとした顔でひと声鳴くと、俺の両肩を掴んで飛び立つ。

ゆるやかに旋回したピイちゃんは、よりによって王様の方へ進路を定めた。

「あああ、待って待って待ってお願い！」

ごぷ。ピイちゃんが小さくげっぷをしてみせた。どうやら限界みたいだ。

「ごめんなさい皆さん！　そこ、どいてください！」

せめてもの注意喚起を投げたのもむなしく、ピイちゃんはきらきらとした落とし物を王様の頭から引っかけた。

「な、な、な……!?」

事態をのみ込めずにいる王様をよそに、すっきりとした顔つきになったピイちゃんが、「ピイ！」と元気よく鳴いて、急上昇を始める。

「ごめんなさい！　この子、本当に伝説のシャイニングドラゴンなので、落とし物にもきっとご加護がありますよ！」

もちろん、桶屋クエストはなにも出ていないので、ブラフもいいところだ。

「待てえい！　これはさすがに納得できん！　下りてこんかっ！」

ですよね。

なおさら、下りていきたくないし、ピイちゃんもそのつもりはなさそうだ。

「それじゃあまた会おうね！」

こらえきれずに笑い出すニナやクレア、大笑いするわけにもいかず困った顔のサイラス、顔が真っ赤の王様。遠ざかっていくみんなの顔をひとしきり眺めてから、俺は前を向いた。

真っ青な空に、さわやかな風が吹き抜けていく。

「ピイちゃん、村に戻るのはちょっと後にした方がよさそうだし、少し遠くまで飛んじゃおうか？」

ピイちゃんは返事の代わりに、ぐんとスピードを上げた。

俺は小さな相棒に身を任せて、どこまでも続く空と、流れていく景色に目を細めた。

エピローグ

「やあ、みんな。無事に会えて嬉しいよ。短い時間かもしれないけど、今日は楽しんでいってね！」

村のお祭りでゴレムちゃんが復活し、王様との誤解を解いたあの日から三カ月が経った。

今日は久しぶりに、サイラスたち勇者パーティーを村に迎えての宴が開催される。大森林の近くで別の任務があって、少しだけ時間が取れそうだという手紙が届いてからというもの、この日のために準備を進めてきたのだ。

「村の様子も随分変わったからね、きっと驚いてもらえると思うよ」

「ピイ！」

にんまりと笑う俺の頭上で、ピイちゃんが翼を広げて嬉しそうに鳴いた。

「あのね、村の様子どうこうの前に、もう驚いてるんですけど？」

「ピイちゃん、大きくなったね！」

三カ月前のピイちゃんは、せいぜい全長二メートルくらいで、長めのストールくらいの大きさだった。それが今では、全長五メートルに成長している。

「シャイニングドラゴンの特徴なのかもしれないけど、成長が急なんだよね。昨日まではもう少し小さかったんだけど、今朝起きたらピイちゃんの背中の上で、びっくりしたよ」

「ノヴァくん、嘘でしょ？　よくそのまま寝てられたわね……」

「昨日はゴレムちゃんとシステムの最終チェックで、随分遅くまで起きてたもんね」

「システムって？」

くすくす笑うニナとは反対に、クレアが怪訝そうな顔をする。

後で見せるから楽しみにしててよ、と本日二度目のにんまり顔を披露して、ニナと一緒に村の中へ案内していく。

「シャイニングドラゴンといえば、ピイちゃんのご両親は戻ってきたのか？」

ピイちゃん以外になにか飛んでいないかと、空を眺めてサイラスがきょろきょろする。

「それが、まだなんだよね」

俺はニナと顔を見合わせて、肩を竦める。

すぐに戻ってくると言っていたはずのツァイスとソフィは、まだ戻っていない。ふたりが張ってくれた結界が健在で、特にピイちゃんが取り乱す様子もないのでのんびり待つしかないかなと村の中では結論づけているけど、そうも言っていられない事情があるのも確かだ。サイラスが聞きたいのは、おそらくそのことだろう。

「王都では大変な噂《うわさ》になっているぞ」

「だよね。伝説のシャイニングドラゴンの加護を受けた幻の秘境……だっけ？」

「そうそう。おかげでここまで来るのも大変だったんだから」

横から口を挟んだディディが、頬をふくらませてみせる。

この三カ月の間に、王都を中心にすっかりこの村の噂は広まってしまった。なにしろ、実際にピイちゃんが暮らしているわけだし、ある程度の魔法の心得があれば、シャイニングドラゴンお手製の超強力で規格外な結界の存在も、感じ取ることができてしまう。

噂が噂を呼び、背びれに尾びれ、おまけの胸びれをこれでもかとびちびちくっつけて、一時期は日常生活がままならないくらいに人が押し寄せた。

ただの野次馬はもちろん、ドラゴンを信仰する集団であったり、各国からのスカウトであったり、よろしくないところではピイちゃんを狙う密猟者なんかもやってきた。

『しょうがないね、ガチめの秘境にしちゃおっか？』

そう言ってこれを解決してくれたのは、ゴレムちゃんだった。

シャイニングドラゴンが張った結界をあっという間に解析したゴレムちゃんは、それをベースに何重にも及ぶ認識阻害とデバフてんこもりの防御結界を仕込んだのだ。

村人やこちら側が許可した相手は迷わず入ってこられるけど、そうでない場合、村にたどり着くのは至難の業だ。

「ちゃんと着いたんだからいいじゃない。ふふん、これで私も古代文明級の聖女様ってわけよね」

クレアが、誇らしげな笑みを浮かべて、ディディの頬をつまむ。

当然ながら、サイラスたちにも許可を出す旨は手紙で伝えていたのだけど、これを断ってきたのがクレアだった。

認識阻害やあの手この手のデバフといえば、クレアがもっとも得意とするところだ。

プライドを刺激されたのか、単純に好奇心なのか、そのままで大丈夫だからとの短い返事をよこしたきり、連絡が取れなくなってしまっていた。冒頭で、無事会えて嬉しいとのひと言を添えたのは、まさしくこれが理由だ。

「クレアさん、本当にすごいよ！　わたしたちもたまに、難易度を下げてもらって挑戦するけど、誰もまともに動けないんだから」

「ニナ、あんまり煽らないの！」

「ワタシ、もうちょっと気合入れなおした方がいい感じってことでおけ？」

「ああ、やっぱり！　ゴレムちゃん、大丈夫だから！　ただでさえ幻の秘境扱いされてるんだから！」

シャイニングドラゴンの結界から始まった噂話は、ある時からぱったりと村にたどり着けなくなったことでさらにヒートアップして、今ではこのラルオ村は、実在するかどうかわからない幻の秘境ということになっているらしいのだ。

さすがにこのあたりで、噂の一人歩きをストップさせておきたい。

「じゃあいっそ、結界まとめて解除しちゃう？　マスターが考えたアレが見つかる方がやばいと思うけど？」

「ゴレムちゃん、ステイ！　現状維持でいこうね」

「知ってる？　現状維持は衰退の始まりなんだよ？」

「ニナさん？　急に真面目に詰めてくるのやめてもらっていいですか？」

「ピピイ！」

「ピイちゃんもしっぽを絡めないの！　わかってるよ、ピイちゃんもアレは大好きだもんね。これからもどんどん改良していくってば！」

「……いい村だな」

ぎゃあぎゃあとやり合う俺たちを見て、バスクがふっと笑みを見せる。

「さっきからノヴァたちが言っている、アレってなんなんだ？」

「それは後でのお楽しみってことで。さあ、着いたよ」

不思議そうにするサイラスを制して、俺は両手を広げてみせた。

村の入口にたどり着いて、ツァイスとソフィの結界を抜けさえすれば、あとは一本道だ。村の中央にはほとんど全員の村人が集まっていて、手を振ったり、わいわいと歓声を送ったり、歓迎ムード一色の盛り上がりを見せている。

そのまま宴が始まり、俺たちはこの日のために準備したご馳走を大いに楽しんだ。

「手紙ではものすごいことになってるからぜひって書いてあったけど、思ってたより変わってないね。あれって、結界とか秘境扱いの話だったの？」

ディディが辺りを見回しながら飲み物に口をつけ、耳としっぽをぴこぴこと動かす。

「……ディディ、あなたどこを見てたの？　アレっていうのは、アレのことでしょ？」

「どう考えてもそうだよな。そろそろ聞かせてもらえるか？　アレがいったいなんなのか」

「え、どういうこと……ってなにあれ、あはははははは」

クレアとサイラスが呆れ顔で空を見上げ、つられて視線を空に向けたディディは、お腹を抱えて笑い転げた。

「……高いな」

バスクが腕組みをして見上げる先、上空にはぽっかりと島が浮かんでいる。

島の上には大きな虹がかかっていて、虹の中心には建物が一軒、どっしりと構えられていた。

「よくぞ聞いてくれました。あれこそラルオ村の新名物、天空温泉だよ！」

「てんくうおんせん」

ぽかんと空を見上げて、ディディがぽつりと呟く。

「温泉を、あんなところに浮かべちゃったわけ？　どうやって……って聞くのは野暮なんでしょうね、きっと」

クレアが髪をかきあげて、俺とゴレムちゃんを交互に見る。

「ノヴァ、きみが風呂に対して並々ならぬ思い入れがあるのは知っていたけど、これほどとはね……いったいあそこに、どれだけの古代技術が……風呂のためにそんな……いやしかし、ノヴァにも考えが……」

きらきらした虹を瞳に映して、愁いを帯びた表情で空を見上げるサイラスは、なんだかやたらと絵になっている。きっと、天空温泉を作れるだけの技術があればもっと世界のためになるはずだとか、でもノヴァにも考えがあるはずだからここは見守ってとか、難しいことを考えているんだろうな。

「サイラス、困った顔もイケてるよ」

「な、なんだって?」

せっかくの温泉なのだから、なにも考えずに楽しんでほしい。

俺はサイラスの思考を一時停止させるひと言を放り投げて、それじゃあ案内するねと、ニナと一緒に先頭に立って歩き出した。

やってきたのは村の中央、もともとは初代村長像が立っていた材質の違う床と台座の前だ。

「さあどうぞ、はみ出さないように乗ってね」

わくわく顔と困惑顔のみんなが床に乗ったことを確認して、俺はニナにアイコンタクトを送る。ニナはにっこり笑うと、台座に据えつけられたパネルを手慣れた様子で操作した。

――フォン。

「わ、高いね！　すごーい！」

「……転移させたのか」

「これだけの人数を一瞬で、まったく座標をずらすことなく瞬間転移させるなんて……いや、座標はあらかじめ指定しておけるにしても、空間の歪みの問題はどうなっているんだ……そもそも魔力の供給は……」

「心配しなくても大丈夫だって。それにいざって時の魔力ならマスターがのうみ……なんでもない」

「ゴレムちゃん!?　考えたくないけど脳みそっぽい感じじゃなかった？　実はまだ俺に言ってないこととか、あったりしない？」

「みなサマをゴアンナイいたしマス」

「またそういう感じ!?　ちょっと!?」

「ほらほら、サイラス。相手はノヴァくんとゴレムちゃんなんだから。頭からっぽにしちゃった方が楽みたいよ？」

不穏すぎるキーワードを置いてくるゴレムちゃんはともかく、それぞれにエレベーターに驚いてくれたようだ。

瞬間転移式のエレベーターは、ゴレムちゃんとの相談で今の形になったんだよね。

『マスター、ぎゅーんっていくのと、フォンっていくのとどっちが好き？』

こう聞かれた時は意味がわからなかったけど、フォンにしておいて本当によかった。

もしあの場面で、ぎゅーんと答えていたら、島まで物理的に一直線に繋がった、瞬間転移式ではないエレベーターが天高くそびえたつところだった。

「ピイ！」

エレベーターにはサイズ的にもう乗れないので、後から飛んできたピイちゃんが俺のところへやってきて、頭をすりつける。ピイちゃんも温泉が大好きで、俺が行く時はほとんど一緒についてきてくれる。

ひとしきり感想を言い合って落ち着いた後、俺はさっそく自慢の露天風呂にみんなを案内して、疲れた身体に温泉を堪能してもらった。

「いいお湯だったしすごい景色だったね！」

「浴場はニナちゃんとカティさんがデザインしたんでしょう？　ピイちゃんも一緒に入れるサイズにしたのはさすがよね。開放的ですごくよかった」

純粋にお湯と景色を楽しんだ様子でディディが飛び跳ねれば、クレアもデザインと気遣いも込みでニナを褒めてくれた。ふたりとも気に入ってくれたようでなによりだ。

「ありがとう、気に入ってもらえて嬉しいな」

飲み物どうぞ、とニナがクレアとディディに冷たいお茶を差し出す。

「ノヴァ……確かに素晴らしい温泉だったんだが、その、聞きたいことがありすぎていったいなにから聞けばいいか」

「まあまあ、今日のところは純粋に楽しんでほしいな」

「しかしだな」

「わかったよ、じゃあ簡単にね」

サイラスは、温泉よりも仕組みがどうしても気になるようで、ある程度の説明をしないと楽しんでもらえなさそうな様子だ。

端的に言えばこの天空温泉こそが、『異世界の風をさわやかな汗に乗せて吹かせれば、村の文明レベルが段違いに上がる』を達成した結果なのだ。

復活して、破壊の呪縛から逃れたゴレムちゃんは、この三カ月で村の文明レベルをまさしく段違いに上げてくれた。

古代文明の粋を集めた技術を駆使して温泉を島ごと空に浮かべ、エレベーターで利用している技術を応用した転移術式で、森林の奥深くで発見した温泉の湯を循環させ、シャイニングドラゴンの結界を解析して発展させた認識阻害の技術で、島が村の外から見えないようにした。

ついでに、村の外観はあまり大きく変わっていないけど、必要な場所への上下水道も完備されていて、スライムを警戒しながら水汲みをする必要もなくなった。

「すごいものだな、古代の技術というのは」

まあね、と軽く返事をしてから、大きなタオルでピイちゃんの身体をわしわしと拭いてあげる。身体が大きくなって毛も伸びたから、風邪《かぜ》を引かないようにしてあげないとね。

「……サイラス、あまり心配するな」

どっしりとあぐらをかいて、ゴレムちゃん印のうちわで身体の火照《ほて》りを冷ましていたバスクが、目をつぶったまま言う。

シャイニングドラゴンの加護を受け、古代の魔導ゴーレムを有し、他では再現できない技術で急速に村を発展させる。受け取る相手によっては、よく思わない者が出てくるであろうことは、俺にだってわかる。

実際、ゴレムちゃんの技術と俺の異世界の知識やイメージを合わせてその気になれば、村ごと特殊素材を使った高層ビル群に変えることもできるだろう。

でも、俺も村のみんなも、そんなことは望んでいない。

だからこそ、古代技術のほとんどをあえてこの遊び心満載の温泉につぎ込んでいるのだし、この世界の仕組みやバランスに挑戦状を叩きつけるようなことはしないように、気を付けているつもりだ。

「心配してくれてありがとう。村ごと空に浮かべちゃおうか、みたいな話も出かかって大揉《も》めもしたけど、みんなで相談しながら慎重に判断しようと思ってるんだ」

「そうか。村ごと空に浮かべたら、大変なことになりそうだな」

「わたしは、天空の村もおもしろいかなって思ったんだけどな。だって、絶対に他にはない超レアな村じゃない？」

他にはない超レアな、という響きからいまだに抜け出せていないニナの発言に、サイラスが白い歯を見せる。

「本当に村ごと空に浮かべたくなったら、私も相談に乗ってあげる」

「そしたらあたしもここに住もうかな？」

クレアが素に近い悪だくみの笑みを見せ、ディディもにやりと笑う。軽口を言いつつ、サイラスたちはみんな、俺やピイちゃん、村のことを本気で心配してくれている。それがダイレクトに伝わってきて、なんだか胸の奥が熱くなる。

「俺もなにか飲もうかな！」

わざと大きな声を出して立ち上がり、みんなに背を向けてから「本当にありがとう」と声に出した。

「あら、珍しい。ノヴァくん照れてるの？」

「ノヴァ、大丈夫？　泣いてない？　ちょっとこっち向いてみて」

クレアとニナに煽られて、涙腺の崩壊を必死で押しとどめる。

「マスター、体温上がってるね！　遅めのアオハルってやつ？」

「……そっとしておいてやれ」

「ゴレムちゃんとバスクのそれ、地味に一番恥ずかしいんですけど!?」

「ピイ！」

まさかのコンビ、ゴレムちゃんとバスクの会心の一撃に反応した俺を心配したのか、ピイちゃんがそっと頭を寄せてくれる。俺はふわふわの真っ白な毛を撫でてから、はみ出しかけた涙を隠すように、にっと笑ってみんなの方を振り向いた。

これからも色々なことがあるだろうけど、きっと大丈夫だ。

みんなと一緒なら、絶対に素敵な答えを探していける。

了

あとがき

初めまして、青山陣也です。

このたびは、たくさんある本の中から本作を手に取っていただきまして、本当にありがとうございます。

風が吹けば桶屋が儲かる。ある出来事からまったく関係のない物事に影響が及ぶことをたとえたことわざです。それを、ある程度のところまでコントロールできたら、望みを叶えやすくする方向に動かせたらおもしろいのでは？というところから本作は生まれました。

どの桶屋クエストも、ノヴァと仲間たちがいきいきと動いてくれるように、ああでもないこうでもないと考えました。終盤で登場して自由気ままにしゃべってくれたゴレムちゃんのところが、実は一番時間がかかっています。最終的に私自身も大好きな温泉のくだりとなりました。

また、『風が吹けば桶屋が儲かる』のスキルを持つノヴァですが、彼の魅力はスキルだけではなく、仲間たちのために一生懸命に行動できるキャラクターにもあると考えています。

勇者パーティーと再会し、ラルオ村で新たな仲間たちと出会ったノヴァは、きっとこれからも、ドタバタしながら充実した異世界ライフを謳歌《おうか》していくことでしょう。

相棒のピイちゃんもきっとこれからすくすく育ち、しばらくしたら背中に乗れるようになるのだと思います。いいなあ……！


最後に、謝辞を。

初めての書籍化にあたり、各工程を丁寧にご説明くださり、改稿時に的確なご指摘とアドバイスをくださった、編集部および本作の改稿に関わってくださったすべての皆様。本当にありがとうございます。

挿絵を手掛けてくださったｒｉｒｉｔｔｏ様。個人的に解釈が完全一致のノヴァをはじめ、素敵なイラストの数々に、何度感動したことか……！　本当にありがとうございました。

支えてくれる家族や友人たち。温かく見守っていただいたおかげで、集中して書籍化作業に取り組めました。ピイちゃんの仕草のヒントとなった、一緒に暮らす猫たちにも大きな感謝を。

そして、この本を手に取ってくださった皆様。本当にありがとうございます。ノヴァと仲間たちの物語を少しでも楽しんでいただけたら、とても嬉しいです！


それでは、またどこかでお会いできることを願って。

青山《あおやま》陣也《じんや》

のんびり村暮らしを謳歌したいのに、
チートスキル【風が吹けば桶屋が儲かる】が許してくれない
〜スキルが示す特殊クエストを達成した結果、
なぜかドラゴンや古代兵器が仲間になっていた〜

2024年9月27日　初版第1刷発行

著　者　青山陣也

発行人　菊地修一

発行所　スターツ出版株式会社
〒104-0031　東京都中央区京橋1-3-1　八重洲口大栄ビル7F
TEL　03-6202-0386（出版マーケティンググループ）
TEL　050-5538-5679（書店様向けご注文専用ダイヤル）
URL　https://starts-pub.jp/

印刷所　大日本印刷株式会社

ISBN　978-4-8137-9365-6　C0093　Printed in Japan

［青山陣也先生へのファンレター宛先］
〒104-0031　東京都中央区京橋1-3-1　八重洲口大栄ビル7F
スターツ出版（株）　書籍編集部気付　青山陣也先生